GUXIANG DE WEIDAO

# 故乡的味道

高学奇 / 著

河南人民出版社

# 图书在版编目（CIP）数据

故乡的味道 / 高学奇著. —— 郑州：河南人民出版社，2016.9（2018.8 重印）
ISBN 978-7-215-10365-8

Ⅰ．①故… Ⅱ．①高… Ⅲ．①散文集-中国-当代 Ⅳ．①I267

中国版本图书馆 CIP 数据核字（2016）第 219790 号

---

河南人民出版社出版发行
（地址：郑州市经五路 66 号　邮政编码：450002　电话：65788068）
新华书店经销　　河南写意印刷包装有限公司印刷
开本　710 毫米×1000 毫米　　1/16　　印张　12.5
字数　170 千字
2017 年 1 月第 1 版　　　　　2018 年 8 月第 4 次印刷

---

定价：28.00 元

# 汲取前行的力量

学奇同志《故乡的味道》散文集付梓在即,颇感欣慰。作为与学奇同志有着相似人生经历的检察人,屈指算来,离开农村已有30多载。读罢《故乡的味道》,仿佛又回到了艰苦而快乐的年少时光。

学奇同志勤于读书,在繁忙工作之余,笔耕不辍,《光明日报》《检察日报》《莽原》《散文》《大河文摘报》等报刊时见他的文章,实属不易。学奇同志生于农村、长在农村,曾在乡镇工作,对农村有深深的眷恋和浓浓的深情。故乡的家犬、故乡的篱笆墙、故乡的煤油灯、交公粮、赶年集、走亲戚等,大家司空见惯的景物和经历过的陈年旧事,一经他细致入微的描写,就变得有情有义、活灵活现、富含意境。我们都曾在故乡的泥土里摸爬滚打,父母生育了我们,故乡养育了我们,生活教育了我们。故乡土得掉渣的语言承载着历史记忆,包含着人生哲理。"子不嫌母丑,狗不嫌家穷",乡愁是游子对故乡、故土、故人的大爱,是至真至善至美至纯的情怀,回望故乡、回忆故乡、回味故乡就是记住我们的根,就是不忘我们从哪里来、到哪里去。"麦上垛,谷上场,绿豆扛到脊梁上""种地不上粪,等于瞎胡混""脱坯打墙,活见阎王""掏钱难买五月旱,六月连阴吃饱饭"等接地气的语言,反映的是对农业生产规律的精准把握;"天黄有雨,地黄有风,人黄有病""红薯好吃,香甜绵软;红薯好看,像红衣少女;红薯好德,生于泥土,藏而不露"等生动而朴实的语言,蕴涵的是对自然规律的敬畏、尊重和对故乡一草一木的热爱。文以载道,《故乡的味道》通篇散发的是不忘乡愁、留住乡愁、感恩乡愁的真情实意,释放的是不畏艰辛、积极奋斗的主旋律，讴歌的是乡亲尊重自然、热爱生活、简单真诚、淳朴厚道的正能量，展现的是故乡人曾经面朝黄土背朝天的生活和社会主义新农村建设过程中农村、农业、农民生活的巨大变化。

习近平总书记指出，实现中华民族伟大复兴需要中华文化繁荣昌盛。检察文化是中华文化的组成部分，扎根于天中大地的驻马店检察机关，自觉传承盘古文化的创新基因、天中文化的中正基因、驿站文化的服务基因、红色文化的担当基因，通过开展具有检察特色的党建文化、廉政文化、乡土文化、管理文化创新，丰富检察文化载体，促进检察文化多元发展。《故乡的味道》是全市检察机关文化建设的一个缩影，也是检察文化软实力的有益展示。

人不能选择故乡，但是无论走到哪里，故乡或多或少都会在自身有所外化。刚参加工作时，不顾路途颠簸，经常回家看看；条件好了，回家的次数反倒少了。黎巴嫩诗人纪伯伦有句名言："我们已经走得太远，以至于忘了为什么而出发。"故乡是什么，不同的人可能有不同的回答，故乡可以用来品味生活，可以用来怀旧思友，可以栖息心情，可以为精神加油，可以守正出新……《故乡的味道》既承载了上述功能，又让具有农村生活经历的人产生跨越时空的亲近感。文以化人，愿更多的读者能从《故乡的味道》中汲取向上、向善的力量，积极面对人生，从容经营生活，豁达放眼未来，不忘初心，继续前进。

是为序。

河南省驻马店市人民检察院<br>
党组书记、检察长：吴文立<br>
2016 年 12 月 16 日于驻马店

# 前　言

　　故乡是游子的根。游子无论是刚刚破土的幼苗，还是躯干挺拔的大树，都必须把根深扎于故乡的泥土，源源不断地吸收来自故乡的营养，才能枝繁叶茂，充满生机。准确地说，从离开故土、负笈他乡的那一天起，我就是靠生长在故乡山川的根成长的。白天读书学习，晚上熄灯入睡，心中稍有空闲，故乡的人和事就像电视连续剧一样一幕幕地出现在我的面前。那群衣衫褴褛的故乡人，那群忧郁、坚毅、隐忍的故乡人，那群历尽苦难、拼搏进取的故乡人，是我的父老乡亲。他们中有我的长辈，有我的发小，有我的子孙。从他们身上看到了我的童年，看到了父母的青年，看到了爷爷奶奶的暮年。同时，从他们身上，也让我看到了故乡的昨天、今天和明天。故乡人是我的家人，故乡的事是我的家事，故乡的话是我的乡音。人，无论走到哪里也不会忘记家人、家事和乡音啊。我是故乡人中的一员，我有责任、有义务为他们唱出一曲曲高亢的赞歌，但由于本人资质不高，水平有限，所以只能在业余零打碎敲的时间里写下这些短文，但愿读者能从这些"碎片"里看到故乡人可贵的品质，但愿这些"碎片"能够折射出故乡人人格的光辉。

　　我生于故乡贫瘠的土地，可以说是生不逢时，生不得地。在风不调雨不顺的时候，连野草和灌木都难以生存。在故乡人认为"吃"比天大，人与人见面大小事都不问，只问一句"吃饭了没有"的年代，我呱呱坠地于故乡那个普通的农家。父母日出而作，日落而息，肩挑日月星辰，背负皇天后土。他们一年四季只想拼命地从黄土之中掘取到养家糊口的粮食,然而寒来暑往,岁月更替,最终土地不但没有像人们期许的那样做出应有的奉献,而是狡黠地嘲弄了那些耕作它的憨厚的人们。诚实的劳动没有换来足够的粮食,却换来了实实在在的病痛。父母无一例外地像他们的同龄人一样透支了体力,失去了健康。父亲年轻时伟岸的身躯也过早地佝偻了下来,母亲那双曾经如棉的大手也变得像冬日的干柴一样粗糙干裂。从此,一个不能保障正常生活开支和孩子上学的家庭又多了一项求医问诊的费用。然而天无绝人之路,故乡人是坚强的、友善的、博爱的、不屈的,他们在互济中抱团取暖,相互搀扶,携手共进。他们以自信、善良、真诚、毅力和耐心感天动地,凝聚了强大的、生生不息的力量。困难被他们踏碎,艰险被他们战胜,他们终于迎来了黎明,迎来了新世纪的曙光,迎来了希望之光。

参加工作以后,我人在城市,工作在城市,生活在城市,但心却难以安放在城市。工作之余,茶余饭后,无眠的夜晚,思乡的心绪一直缠绕着我,这种心绪我无力排遣,也不愿排遣,只觉得处在这种心绪中是一种休闲、一种眷恋、一种享受。

长歌可以当泣,远望可以当归。无数次我站在高楼,开窗远望,首先进入我视野的不是城里的高楼、马路和熙攘的人群,而是故乡的方位、方向和回乡的路。我每次就是这样放飞乡思,让乡思飞越高山大河、关隘古道,在故乡人收工、牛羊下山、炊烟升起的时候,我以这种方式一回回悄悄地回到故乡。

作为一个乡下人、城市的漂泊者,我时常是口中讲着土话,眼里望着乡亲,心头浸润着乡愁。当我以庄稼人的憨厚和带着黄胶泥气息的双脚笨拙地行走在城市的时候,我只觉得城市是别人的城市,故乡才是我的故乡。大街上的红男绿女,马路上奔跑的豪车,街面上闪烁的霓虹灯,高楼里的财富,这些都与我无关,我眼下只是羁旅小城,我只是城市的一个建设者、一个观光客,将来我还要叶落归根,还要重回故乡的怀抱。

习近平总书记在2013年12月12日召开的中央城镇化工作会议上指出:要体现尊重自然、顺应自然、天人合一的理念,依托现有山水脉络等独特风光,让城市融入大自然,让居民望得见山,看得见水,记得住乡愁。何谓乡愁,当下有多种解释,我想乡愁最基本的意涵应是记忆故乡,思念故乡,关心故乡,反哺故乡,望着故乡的身影从历史深处走来,走向殷实、富足、欢乐、文明的乐土。乡愁是对故乡的爱恋,是对故乡人的感念,是对祖先的追思;乡愁是我年少时放牧的一面山坡,洗澡嬉戏的一方荷塘,逮鱼捉虾的那条小溪和被炊烟熏黑的那幢老屋。乡愁不是儿女情长,不是矫揉造作,是人间大爱,家国情怀!

高学奇<br>2016 年 9 月

# 目　　录

最美故乡月 …………………………………… 1
故乡的黄土地 ………………………………… 4
故乡的云 ……………………………………… 7
故乡仲夏夜 …………………………………… 11
故乡的篱笆墙 ………………………………… 14
故乡的茅屋草舍 ……………………………… 17
走亲戚 ………………………………………… 21
赶年集 ………………………………………… 24
故乡的炊烟 …………………………………… 27
故乡,那弯弯的山路 ………………………… 30
故乡的牛屋 …………………………………… 34
故乡,我的母校 ……………………………… 37
家犬 …………………………………………… 41
故乡,那窄窄的小巷 ………………………… 45
故乡的豆腐 …………………………………… 48
故乡的母亲河 ………………………………… 51
故乡的泥巴路 ………………………………… 55
故乡的鹅卵石 ………………………………… 58
故乡那口老井 ………………………………… 62
故乡的煤油灯 ………………………………… 66
故乡野菜情 …………………………………… 69

故乡,那远去的蛙声 …………………………… 73
故乡的麦场 ……………………………………… 77
洋槐树之恋 ……………………………………… 80
故乡的味道 ……………………………………… 83
母亲的唠叨 ……………………………………… 87
母亲的棉被 ……………………………………… 91
交公粮 …………………………………………… 94
故乡春耕 ………………………………………… 97
青青故乡柳 ……………………………………… 100
山野菊韵 ………………………………………… 103
倾听春雨 ………………………………………… 106
山风浩荡 ………………………………………… 109
野草冬韵 ………………………………………… 112
品粥 ……………………………………………… 115
品酒 ……………………………………………… 119
品味乡情 ………………………………………… 123
白开水的味道 …………………………………… 127
桂花的品格 ……………………………………… 131
秋水之韵 ………………………………………… 134
落叶余韵 ………………………………………… 137
领悟秋风 ………………………………………… 140
故乡是什么 ……………………………………… 143
带着故乡远行 …………………………………… 147
乡愁如烟 ………………………………………… 150
故乡渐远 ………………………………………… 153
漂泊之殇 ………………………………………… 157
故乡是根 ………………………………………… 160
乡音如歌 ………………………………………… 165
漂泊之美 ………………………………………… 168
远去的耕牛 ……………………………………… 172

清明雨 …………………………………………… 175
故乡,那长满荒草的庭院 …………………… 179
登山之美 …………………………………………… 183
把黄昏留给故乡 …………………………………… 186
后记 ……………………………………………… 189

# 最美故乡月

晚饭后,散步在小城郊外的田埂上,闻着泥土的芳香,听着虫鸣蛙叫,以心跳的节拍回应百草生长的声音,用心灵与庄稼对话,周身沁润在乡土气息中,感到轻松而惬意。举首遥望那一轮高挂中天的明月,自然想起那关山阻隔的故乡和在故乡度过的童年时光……

故乡月是我童年的好伙伴。她伴随我成长,见证了我在故乡的苦乐。小时候农村尚未用电,遇到有月亮的晚上,村里的孩子们会不约而同地聚在一起做游戏,玩得最多的是捉迷藏,小伙伴们有的东躲西藏,有的爬高上低,你找我,我找你,跑遍了全村,折腾出一身臭汗,弄得灰头土脸也不觉得累。不知不觉中明月西移,母亲出来高声喊着我的乳名,知道是该回家睡觉了,此时虽然玩兴依然很浓,但也只得悻悻而归。感谢故乡的月亮给我单调的童年生活带来的欢乐,她使我现在回忆起来还觉得快活和难忘。我玩得热火朝天的时候,母亲也难得清闲一会儿,她多数时候是在洗衣服、剁猪草或做其他家务。说实话,农家人没有赏月的雅兴,只有借着月光干活的习惯,春秋是这样,冬夏也是这样。

故乡月是农家人的好帮手。农谚有"一年之计在于春"之说,当春风送暖、地温升高的时候,也是农事集中、农家较忙的时节。施肥、犁地、耙地、播种要环环相扣,依次进行,每一个步骤都要做深、做细、做实,只有这样才能为秋收打下好的基础。那时农业机械尚未普及,生产队人手紧张、畜力有限,要想不误农时,生产队长就组织全村的男女在有月亮的晚上到地里加班干活,这自然也少不了母亲,而没有月光的夜晚，农事再急再忙也没有办法做。夏收、秋收的时候，趁着月光到地里收庄稼也是常事，特别是收麦，晚上收比白天收更为合适，因为白天炎热干燥，容易掉穗丢籽，而晚上凉爽，湿度也高一些，小麦在收割的过程中丢失得就少一些，这就是"春争日夏争时"的要义所在。

故乡月是故乡人为游子点亮的一盏天灯。这盏灯以故乡人的心血为能量，以故乡人的祝福为热度，以故乡人的眼神为光芒；这盏灯让我在无眠的暗夜里感到敞亮，使我在人生的冬天里感到温暖，使我心头飘来的乌云得以驱散；这盏灯为漂泊的游子照亮前行的路，使他们在滚滚红尘中不失自我与清醒，在灯红酒绿中不失朴实与定力，在工作与人情中不失操守与良知。这盏灯在游子迟暮之年照亮他们返乡的路，使他们在历尽沧桑、风烛残年之时，得以重返故乡的怀抱，实现落叶归根的愿望。这盏灯既挂在天上，也在游子的心中。这盏灯是永不熄灭的灯，吉祥如意的灯，引领游子走向光明的灯。

故乡月是母亲明亮的眼睛。小时候在家里，我所做的事情都在母亲的视野里；长大后在异乡，我依然感到母亲慈祥、敏锐的眼睛在注视着我、在监督着我、在温暖着我。虽然母亲已于几年前离我而去，但母亲的谆谆教诲言犹在耳，母亲的音容笑貌常留心间，和母亲一起生活的岁月历历在目。思念母亲的时候，我会选择在有月亮的晚上，默默地、久久地仰望天空，仰望那母亲眼睛一样的月亮。记得我七岁那年初冬，一个月光朦胧的夜晚，由于白天受凉，晚上发起高烧，母亲摸着我的脸颊说："身上热得烫手，烧这么很咋办呢？"当时父亲又不在家，她只犹豫了片刻，便找了个棉袄给我穿上，背着我就朝几里外的大队卫生所走去。母亲平时是一个胆小的人，夜里是不出远门的，但为了给儿子看病，她骤然间就有了足够的勇气和胆量。我家离大队卫生所有四五里路，母亲背着我步履蹒跚地走在乡间的小路上。这个晚上，在寂静的山乡，天上一轮月亮，地上一位母亲，月亮在行云后时隐时现，母亲背着我在小路上艰难前行，月亮透过云彩把光亮洒在小路上，母亲背着我把隐约晃动的身影投向田野。到了大队卫生所，母亲把赤脚医生叫起来，给我打了针、吃了药，她才放心地背着我回到家里。这件事已经过去几十年了,但每每想起,我的两眼就止不住渗出泪花。

月亮是美好的。上弦月、下弦月,那是残缺的美;月上柳梢头,人约黄昏后,那是缠绵的美;浮云遮月、若隐若现,那是朦胧的美;天高云淡、明月当空,那是高洁的美。但是,在浩瀚的宇宙中,还有一种比月亮更美好的东西,那就是母爱!母爱,柔而不弱、大而无形、重而无声;母爱,比月亮更高洁,比月亮更圆满,比月亮更柔美。朋友,当我们抬头望月的时候,请一定记着伟大的母亲。难忘故乡的明月,更难忘那给予我生命和助我成长的母爱。

(原载于2014年6月27日《检察日报》)

# 故乡的黄土地

故乡的黄土地是极其平凡、极其普通的,平凡得你踩在脚下也不知为何物,普通得随处可见而熟视无睹。但她又是不平凡、不普通的,因为她平凡中蕴含着伟大,普通中深藏着壮美。

故乡的黄土地忠厚朴实。她像乡下的农民,默默无闻、实实在在。她没有华丽的外表,不但不修饰打扮自己,而且看上去还有几分粗陋。她不像黄金,也不像其他五颜六色的金属,即使在太阳底下也没有光彩。但是,黄土地沉稳厚重并具有无限的力量,她托起高山大河、高楼大厦和故乡人的希望。故乡人离不开黄土地,黄土地也要靠故乡人保护打理。在蓝天白云之下、莽莽黄土之上,一代代故乡人栉风沐雨、前仆后继,用血汗滋养着黄土地,黄土地敞开博大的胸怀,以丰富的营养哺育着故乡的人民。从古至今,在无尽的轮回中形成了天地人和的景象。

故乡人继承了黄土地的颜色和品格。在温饱没有保障的岁月,他们舍小家为国家,积极交售爱国粮。粮食刚刚收下来,

沉甸甸的谷子

他们就选出最好的部分,然后反复整晒,直至质量达到"干、饱、净"。无论丰收或是歉收,对于完成国家任务从不含糊,他们提出,首先完成国家的,然后留够集体的,剩下才是自己的。在那个年代,能讲出这般豪言壮语,就现在来看也是感人的。想来,这也是可贵的家国情怀。

节节高的芝麻

　　故乡的黄土地恪尽职守。她不像沙漠、戈壁和盐碱地那样松散多动。无论是在山岗、丘陵和平原,她都守土有责、纹丝不动,风吹不走、雨打不动。千百年来,她始终以坚强的定力恪守着自己的岗位,以肥美的身躯为乡亲们奉献出春之繁花、夏之葱郁和秋之收获。故乡人一直信守着和黄土地的约定,他们在这片热土上肩挑日月,摸爬滚打,用长满老茧的大手谱写了一曲曲华美的丰收乐章,绘出了最新最美的图画。

　　故乡的黄土地团结包容。自从在遥远的地质年代诞生了黄土地,她就坚强地迎着风霜、抗着雪雨,矢志不移、忠贞不渝。我们的祖先用黄土烧制了秦砖汉瓦,或直接用黄土砌墙造屋,供故乡人遮风挡雨,生生不息。黄土地不择土、不择肥,哪怕是和外来的微小颗粒和人见人厌的粪便垃圾都能共生在一起,并从它们身上吸收营养,丰富自己。

　　黄土地一样的故乡人,虽然七姓八家同住一村,但世世代代都能团结互助、和谐相处。他们婚丧嫁娶互相帮忙，生产劳动互相帮助，只要吃饱穿暖不生病，就觉得十分幸福。平时在村里，东家的鸡鸭到西家下了蛋，西家的牛羊跑到东家地里吃了庄稼，两家的小孩儿在玩耍中打了架，人们都不当回事，只是一言带过、一笑了之。今天，这种田园牧歌般的生活在注入了时代的元素之后更显得殷实、舒适和美满。

故乡的黄土地温润亲切。季节交替，秋去冬来，北风像刀子一样削去了黄叶和枯草，朝霜暮雪和冰冻轮番覆盖着大地，大自然中充塞着萧瑟与严寒。弱小的植物在挣扎中先后死去，而小动物则千方百计蛰伏在黄土层下，竞相投入黄土地的怀抱，它们睡得又香又甜，日子过得暖和滋润。黄土地在漫长的冬季里不停地吸纳着宇宙的精华，为来年的丰收准备着养分，补充着地力。一方水土养一方人，故乡人秉承了黄土地的特质。记得小时候在家，吃饭时常有讨饭的上门，见此情形，母亲总是先放下手中的碗筷，给人家盛饭拿馍。若是遇到冬天，母亲还常常把讨饭的让到家里来吃，她说，自己是穷人出身，看见穷人挨饿受冻就心里难受，咱能给人家盛一碗饭，就别给人家半碗饭；能给人家拿一个馍，就别给人家一块馍。我和弟弟小时候的旧衣服、旧鞋帽也大多给了讨饭的儿童。

千百年来，故乡的亲人就是这样在这片黄土地上锲而不舍地劳作着、创造着，不计苦乐地生活着。他们生，靠黄土地养育，是黄土地的儿女；死，一个个回归自然，融入大地，实现入土为安的愿望，在黄泉之下成为黄土地的精灵，依然和黄土地不离不弃。故乡人与黄土地生死相依；故乡人与黄土地你中有我，我中有你；故乡人与黄土地在无限的时空里是永远不倒的雕像！

（原载于2014年5月23日《检察日报》）

# 故乡的云

故乡的云和故乡一样美丽、一样难忘。在童年的记忆里,故乡的天湛蓝而明净,故乡的云简洁而清新,故乡的人淳朴而和善。一年四季,云来云去、云卷云舒,都有一种闲舒、恬静的美感。

**白云飘飘**

故乡的云具有温柔之美。故乡之春,碧空如洗、白云飘飘,那一朵朵、一片片、一丝丝、一点点的白云散布在无垠的蓝天之下,看上去轻盈而舒展、缥缈而温柔。在故乡有"春雨贵似油"的民谚,言外之意是说春天缺少能够形成有效降雨的乌云,于是白云就成了春天的常客。白云和春风是结伴而来的,她们都带有春的气息,是报春的使者,她们一个经天,一个行地,一个天使,一个信使。春风是疾行的白云,白云是散步的春风,春风和白云都是春的精灵、春的标志。春风生万物,如果没有春风,就少了绿的生机和花的芬芳。如果没有白云,长空就过于单调,也缺少了风景和温柔。当大地披上绿装,鲜花绽放枝头的时候,我和小伙伴一起来到村东的山岗上拾柴放羊,说是拾柴,其实拾多拾少家长并不在意,只是想让孩子养成热爱劳动的习惯,因为毕竟干活是农家子弟必须具备的看家本领。而放羊就更简单,因为羊是温顺的动物,在山坡上随便放开,不用看管就行了。干活和玩耍累了,就躺在地毯一样的绿草上傻乎乎地望着蓝天,望着白云,不知天有多高,不知云为何物,不知外面的世界是什么样子。只觉得蓝天很大,白云很美,山岗无边。那蓝天下面是白云,白云下面是牧童、羊群和山岗,天地之间有动有静,动静相宜,这构成了天地一体的大美画卷。

  故乡的云具有力量之美。夏季炎热多雨,夏云诡谲多变。故乡民谚云:"天黄有雨,地黄有风,人黄有病。"是的,往往在大雨之前,天空会出现玄黄之色,稍后则有黑云聚集,云头涌动,遮天蔽日。其形小者如雄狮奔马,大者如群山峻岭,其势如排山倒海,其力有雷霆万钧。黑云来袭之时,携着风,裹着雨,带着电,吼着雷,摧枯拉朽,荡尽尘埃,真有一种"黑云压城城欲摧"的力量。对于夏季这种风起云涌、大雨滂沱的天象,老一代的故乡人有自己神秘的解释,他们认为乌云或起于江河湖海,或生于高山幽谷,而降水则是蛟龙对芸芸众生的一种眷顾。而云雨何时到来,何时离去,是难以预知的。后来农村有了收音机,在农事活动安排前就先听听天气预报,记得有年夏天,村上有家邻居,夏季麦收之后急于整晒小麦,还在头天晚上很慎重地听了天气预报,收音机上说次日是多云间晴天。第二天一大早,他就把刚收下来的几千斤小麦全部拉到麦场整晒,以为到下午一收回家就可以入库了,中午饭后,他就放心地午睡去了,谁知刚睡着,他就被突然而来的电闪雷鸣所惊醒,于是就赶紧起来喊人到场里帮助收麦,同时他还向家人高声喊着:"收音机在哪儿,收音机在哪儿?"家人不知何故,待找到后,收音机被他一怒之下摔了个粉碎。这次雨中抢麦,虽有多位壮劳力帮忙,但还是被淋了不少,甚至还有少量的小麦被雨水冲到麦场边的地沟里。夏天的云雨来势之猛、力量之大、诡异多变可见一斑。

故乡的云具有高洁之美。当秋风送爽、黄叶飘落的时节,人们的心头往往会升起凄凉、惆怅的伤秋心绪,但这其实是对秋天的错觉。且不说金秋的收获给人们带来的喜悦,单是把视线从地上移到天空,你瞬间就会产生美景天成的视觉冲击。那湛蓝如洗的天空深邃、高远,那洁白如羽的云朵似静非静、似动非动,其形如初出深闺的少女含情脉脉、仪态万方、温润可人,又像轻轻飘舞的哈达和棉絮高贵而柔润。那远的扯在天空,近的就飘在头顶,真想跳起来抓一片,然后深情地抚摸她、亲吻她,享受这来自天上的圣洁之美。但秋天的天空也是多变的,在每年的秋收到种麦这一段时间就常有秋雨来袭,这秋雨虽没有夏雨猛烈酣畅,却能比春雨大气坚挺。俗话说:"秋雨一下,停犁子停耙。"雨不大不小,少则三两天,多则五六天,淅淅沥沥、缠缠绵绵。那缠绵劲就像老伯伯和老大娘谈恋爱,不急不慢,缓缓倾诉。秋雨虽然容易持续,但一般不会形成灾害性天气,反而会让热了一夏天的人们感到凉爽和适宜,也为小麦播种提供了方便,为来年的丰收奠定了良好的基础。

故乡的云具有朦胧之美。冬天里北风凛冽、寒气逼人,空气中湿度增大,云密而厚,形态模糊,色彩深重,所以冬天的云具有深沉厚重的朦胧之美。忙碌了一年的故乡人在冬天一般不再安排农事活动,老年人和孩子们都较早地穿上了御寒的棉衣,有的干脆躲在屋里烤火取暖。随着气温的下降,乌云聚集,有经验的故乡人知道那天空中厚重的云团里面暗藏杀机,所以他们也都赶在雨雪到来之前做了防范性安排。其实,孩子们在冬天里最向往的还是下雪天,他们虽然不懂瑞雪兆丰年的寓意,但知道银装的世界能带来无尽的欢乐。下雪天往往是大人们往屋里跑,小孩儿们往外面跑,这不是因为小孩儿们穿得厚不怕冷,而是玩的欲望压倒了对冷的恐惧。他们在雪地里追打嬉闹,手冻僵了,脸冻红了,甚至脚冻伤了,也都忘到了脑后。至于堆雪人、塑小动物之类的就算文气的了,稍大一点的孩子则带着家犬在雪地里循着兔子的脚印漫山遍野地跑着逮兔子,从上午跑到下午,再从下午跑到天黑,不管逮着逮不着兔子,弄一身雪、一身汗、两脚泥、两腿湿是肯定的,其实结果并不重要,重要的是享受了撵兔子的过程。

  屈指算来,几十年过去了,故乡已经发生了翻天覆地的变化,儿时的记忆不但没有湮灭在岁月的深处,反而在今天回忆起时愈加清晰。多么怀念在故乡度过的美好时光啊,怀念故乡的蓝天白云,更怀念故乡人明净的心灵。

(原载于2014年第9期《散文》)

# 故乡仲夏夜

在童年的记忆里,故乡的夏夜最美丽、最难忘。

晚霞收去最后一束光线,天色渐渐暗了下来。炊烟从厨房里袅袅升起,又随风飘散。在村庄周边田野里劳作了一天的人们好像闻到了晚饭的味道,陆续开始收工,劳力们有的赶着耕牛,有的背着农具,疲惫地朝田埂地头走去。"日头落,狼下坡,放牛孩少了一只脚",牧童悠扬的歌谣和牛羊哞哞咩咩的叫声交织在一起,形成了独特的大合唱,这种音乐形式在城市里是没有的。小鸟已经归巢,人们先后回到了家里,夜幕降临了,村庄像一台高速运转后停下来的机器,慢慢平静了下来。这时多数人家的晚饭还没有做好,用竹叶或薄荷熬成的大盆凉茶已经放到了院里的桌子上,又热又渴又累的人们并不急于吃晚饭,他们需要喝茶补水,消除暑热,待稍事休息后从容地吃上一顿如意的晚饭,周身的疲劳就会消失一半。

仲夏夜孕育着生机与活力。天体运行,地球自转、昼夜轮回,阴阳交替,黑夜是时空的另一种存在形式。黑夜和白天对人类同等重要,文武之道,一张一弛。在田园辛勤劳作的乡亲有时更希望黑夜的到来,因为只有在黑夜他们才能有真正意义上的休息,同时黑夜平静、祥和的环境是万物能够享受自由生长、自我发展的条件。在夜里,各种生命的状态都在按照自然界的法则潜滋暗长着,由小到大、由弱到强、由盛到衰。小孩生长着骨骼和肌肉,老人生长着白发和胡须,就连胎儿也在努力吸收着母体的营养快速地生长发育着。原野里、山岗上小草的嫩芽长成了茎叶,野花一茬接着一茬开放,田野里生机勃勃的禾苗趁着夜色在悄悄地吸纳着天地精华,竞相生长着。玉米在吱吱地拔节,芝麻在静静地开花,露珠在庄稼的枝叶上滚动……习习的晚风为纳凉的人们送来了凉爽,也送来了庄稼和野草的清香。村头的家犬作为农家的卫士在不知疲倦地转悠着,不知谁家的黄狗还时断时续地发出了汪汪的叫声。乡亲们说,猫狗是一口(人),养只狗就等于多了一只耳朵,听狗叫也是有学问的,因为在狗的叫声里包含有大量的信息,不急不慢地叫几声是平安无事的意思,连续不断的叫是发现了情况,一只狗或几只狗上蹿下跳地发出又恶又急的叫声,那肯定是危险的情况已经到了眼前……池塘边大树下反刍的老牛喘着粗气,晃动着系在脖子上的铃铛,发出清脆的声响;小河边,虫鸣和着蛙叫,高低音此起彼伏。山村的夜,静谧中蕴含着生长的力量和生命的回声。

休憩的老牛

仲夏夜孕育着情趣与欢乐。故乡的夜虽然没有城市里夜晚随处可见的霓虹灯和歌厅酒吧,但故乡的夜生活并不单调。晚饭过后,是乡亲们一天中最放松的一段时间。纳凉的人们一般分为三块:男人们光着膀子,腋下夹个枕头,一手抓个凉席,一手拿着扇子三三两两地朝村头通风处走去,在晚风的吹拂下,凉爽和惬意取代了一天的劳累和暑热。闲聊的话题从庄稼的长势扯到牛羊的行情,又扯到古装戏剧、历史故事,从王莽撵刘秀扯到三国演义,又从杨家将扯到梁山泊一百单八将。有点文化的侃侃而谈,没有文化的听得投入,言谈中有时也闹出关公战秦琼之类的驴唇不对马嘴的笑话,但这并不影响所讲的效果。老人们有的领着孙子到村边草丛中捉萤火虫;有的扯着小孙子遥望星空,指着银河讲着牛郎、织女的爱情故事。"青石板,板石青,青石板上钉银钉",有几个稍大一点的孩子已经挣脱了老人,在唱着歌谣,做着游戏。女人们都比较传统,她们在晚饭后并不远去,多数时候是聚在哪个宽敞的院子里,扯一些儿女情长的话题,有的说:"听说东院的媳妇已经怀上了。"另一位接过话茬说:"是的,他家人说吃饭的口味就变了,酸儿辣女嘛,肯定要生个胖小子。"还有的说:"西院才娶来的媳妇可懂事啦,做饭好,还孝敬公婆,人家真是有福气啊!"几个女人一台戏,你一言我一语,有说有笑,颇为热闹。不知不觉中,一个时辰过去了,夜静了、凉快了,人们才一一离去。

　　仲夏夜孕育着梦想和希望。夜晚注定是多梦的时间,男人们做着丰收的梦,女人们做着发财的梦,老人们做着长寿的梦,孩子们做着上学的梦、成长的梦、飞天的梦……记得小时候,母亲给我们讲得最多的就是关于月亮的故事、县城和镇子上的故事。母亲说:"月亮上面有一个漂亮的姐姐,她养了一只好玩的小兔子。"弟弟说:"我也想到月亮上跟姐姐一起喂小兔。"母亲说:"别着急啊,等你长大了就能去啦!"我也好奇地问母亲:"啥时候公路能修到咱村,汽车能从县城开到咱村啊?"母亲说:"等你长大就行了。"是啊,梦想为国家、乡村和家庭的发展插上了腾飞的翅膀,多少美丽的梦想都一一变成了现实。多梦的乡亲已经把家庭的梦、山村的梦融入到了我们民族的梦之中,他们正怀揣着梦想、和着时代的节拍,豪迈地和各族人民一起行进在圆梦的大道上!

（原载于2014年9月12日《检察日报》）

## 故乡的篱笆墙

篱笆墙是中国农村的特色风景之一。在我童年的记忆里,故乡的篱笆墙随处可见,从村内到村外都有篱笆墙的影子。篱笆墙就像一排排列队整齐的哨兵和乡亲们一起守望着贫穷的山村,守望着农家的小院,守望着村外的田园。

篱笆墙

篱笆墙种类繁多,在不同的地方有不同的作用。农家新房刚刚建起,没有来得及或没有能力拉围墙,为了安全起见,就在房前空地的左边、右边和前面扎起篱笆墙。由于它有围墙的作用,所以这篱笆墙扎的时候还是比较讲究的。首先要在地上挖土起槽,然后再取树枝或木棍一个挨一个地扎入地槽中,接着封土填实。为了结实,篱笆墙中间还要用铁丝、树枝之类的东西横着拦腰缠上一圈,使整个扎起的篱笆墙成为一体。迎着房门前面的篱笆墙要留一个缺口,缺口处用树枝扎一个栅栏状的小门,平时可开可关,方便自如。篱笆墙不是围墙又具有围墙的部分功用,是一个隔君子不隔小人的东西,其象征意义大于实际意义。村外的篱笆墙扎得都比较简单。原因是村边的耕地、菜园或苗圃离村子较近,村里的家畜、家禽若管理不善,容易跑到地里糟蹋庄稼、青菜、苗圃,在临村的一面扎起篱笆墙能起到隔阻的作用。这种篱笆墙一般用带刺的树枝或秸秆扎成,扎得不高但比较严实紧密,村里的小动物若跑过来,只能望墙兴叹,止步于此。还有一种篱笆墙是用有刺的树一棵紧挨一棵栽起来的,随着带刺小树的生长,篱笆墙会越来越高、越来越密。这种篱笆墙绿色环保,经久耐用,效果很好。但带刺的东西总是不受人欢迎的,它会使人产生严酷无情、拒人千里的感觉,自然遭人非议。每年春天,农历三月三前后,故乡人会在篱笆墙附近种上豆角、丝瓜、葫芦等藤蔓类蔬菜。因为这些蔬菜长大后需要拖秧、通风,所以这秧拖到篱笆墙上便是很好的选择。夏天的时候,你会看到这拖到篱笆墙上的菜秧油光水嫩,充满生机。阳光下面墨绿色的叶面放出亮光。菜花一茬接一茬地开放,果实一茬接一茬地生长,故乡人用心血和汗水描绘出的美丽图画在篱笆墙上得到了展示。篱笆墙穿上了绿色的盛装,举起了绿色的旗帜,它使乡村变得生动,变得充满活力和希望。乡村的宁静,农耕的殷实,田园生活的祥和真是令人难忘。

　　长期的农村生活,使我感到篱笆墙的作用不可小觑。看来,要想耕种好心灵的土地,守护好心灵的家园,也是需要扎起一道道篱笆墙的。我们身处滚滚红尘,面对涌动的市场经济的大潮,扮演着不同的社会角色,承担着社会和家庭的责任,面临着这样和那样的诱惑。在这种社会大背景下,一定要认清形势,把握好自我,坚定共产党人的理想信念,在自己的周围及时扎紧筑牢篱笆墙,以阻断一切不健康东西的侵袭,保证自身肌体的安全和健康,使心绪少一些躁动,心情多一些平静,心中多一些定力,心灵得以安放,以愉悦的心情投入到工作和生活中去。必须清醒地认识到,我们随时都有可能被腐蚀的危险性和严重性,必须清醒地认识到腐蚀和反腐蚀斗争的长期性、艰巨性和复杂性,必须清醒地认识到廉洁自律、拒腐防变绝不是可以轻而易举做到的,它虽经常被人挂在嘴上,但要时时记在心里,时时落实在行动上是多么的不容易。我们要通过学习和历练不断提高自己的人生境界,要看重人的自身价值和社会价值,淡看一己之财富;要看重社会贡献,看淡社会地位;要看重真、善、美,看淡转瞬即逝的浮华。要常自警、常自律、常忧思,唯有如此,才能留住平安,留住福祉,留住恒久。

人生的道路有光明大道,也有激流险滩;有阳光明媚,也有暴风骤雨;有高歌猛进,也有跌倒扭伤。在这条道路上,来来往往满是路人,在这赶路的人群中,要承认差别,淡看快慢,要脚踏实地,不要好高骛远,要多看脚下,注意安全;在前进的道路上,还要少一些轻松和得意,多一些压力和忧患,少一些喧嚣和浮躁,多一些宁静和淡泊。要以一颗平常心看待风景,不要奢望诗情画意;要以一颗冷静的心看待风雨,不要害怕风吹雨打;要以涉水的勇气、爬山的力气一步一个脚印地走好人生的道路。

其实,道德、纪律和法律就是现实的篱笆墙,并且是带刺的篱笆墙。我们要敬畏这道篱笆墙,维护这道篱笆墙,仰仗这道篱笆墙。在这道篱笆墙内守得住清贫,耐得住寂寞,安得下心神,养得好正气,努力担当起该担当的责任,快乐地工作、快乐地生活、快乐地奉献社会。争取做到仰不愧天,俯不愧地,问心无愧于自己,放眼无愧于这伟大的时代。

现实的篱笆墙只是划定了人们行为的界限,心灵的篱笆墙才是一个人思想和行为境界的标志。唯有构建好心灵的篱笆墙,才能耕耘好心灵的土地,使心灵的天空免受污染。陶渊明之所以有"采菊东篱下,悠然见南山"的快乐,是因为他在自己的心中早已扎起了篱笆墙,栽种了傲霜的菊。但愿人人都在心灵深处扎起篱笆墙,在篱笆墙内种上五谷和百花,使人生硕果累累,鲜花盛开,芬芳四溢。

(原载于2015年第3期《莽原》)

## 故乡的茅屋草舍

虽然我已经远离了故乡,但我曾经生活过的小山村,居住过的茅屋草舍和曾经在茅屋草舍进进出出的乡亲一直被我珍藏在内心深处。尤其是故乡那低矮的茅屋草舍,常常使漂泊的我在寒冷时感觉到温暖,在孤独时感受到温情,在疲劳时拥有力量。茅屋草舍已经融入我的血液,长入我的肌肉,它是我童年的乐园,离乡后的精神殿堂。

茅屋草舍就像故乡人一样简单、朴实、温和。在二十世纪农村实行联产承包责任制[①]之前,故乡人住的基本都是这种房子。那个年代的农村真的是一穷二白,家家户户都没什么家当,几口之家在生产队完成国家公粮任务之后分得一些口粮,这些口粮几口缸加上几个盆盆罐罐就可以放得下。另外,还有一两张破床、几件农具、一个灶台、三两个供人坐的小墩子,除此之外,屋子里从东墙到西墙再也见不到什么像样的东西,所以有几间草屋也就够住了。为了解决买盐、买煤油之类的花销,家家户户在庭院里还养有鸡鸭,因为养多了有资本主义尾巴之嫌,所以每家都只养了几只而已。可能是越穷越怕偷的缘故吧,差不多每户人家都养有家犬,一来增加了人们的安全感,二来也为寂静贫弱的山村增加了生气与活力。草房结构虽不复杂,但真的要盖几间,对当时的农户来说也不是轻而易举的事情。建筑材料主要是黄土、木材和建房专用的黄北草。用黄土砌墙是很有讲究的,首先要用石块和砖头做好地基,黄土在多数情况下是先被和成泥,再

---

[①] 联产承包责任制,家庭联产承包责任制的简称。后同。

用一种专用的模具把泥脱成土坯,待晒干后即可垒墙;也有用黄土直接砌墙的,其方法是用两块厚实的木板下面的两条边夹着墙,然后把湿土填到两块木板之间,用榔头把黄土夯实,接着把木板抽掉,依照此法再砌上一层土墙。这种墙在故乡叫板打墙,因为黄土有黏性,再加上用榔头把土砸得很瓷实,所以这种墙还是很结实的。在故乡有句俗语,叫"脱坯打墙,活见阎王",这砌垒土墙的艰辛可想而知,若无亲力亲为,个中的苦和累是无论如何也想象不到的。木材的来源主要是自己的宅基地上种的树木,然后再借或买一些,备够做大梁、檩条和椽子的木料就行了。最后就是到二三十公里外的山上割苫房用的黄北草,这种草多生长在山坡峡谷,叶红茎黄,茎长而硬,非常耐沤,苫在房上只要固定结实,管二三十年不漏雨是没有问题的。但是,由于当时农村建房都要用这种草,所以造成了草场退化,草量减少。在这种情况下,要想割够建三间房子的草是非常困难的。割草人要先到山里投亲靠友,若没有亲友,也得通过熟人介绍到山里人家,然后安营扎寨住下来。割草要起早贪黑、翻山越岭,渴了饮山泉,饿了啃干馍,割草人栉风沐雨,在山中一次次跌倒又一次次爬起,他们割的是草,挑起的却是日月星辰和脚下的大山。就是这样,顺利的话,一个劳动力要想割够建三间房子的草至少也得用上半个月左右的时间。建房的主人从开始准备到住上新房一般都要用上将近一年的时间。这个过程是一个劳其筋骨、饿其体肤的过程,是一个花费力气挥洒汗水的过程,也是一个耗费心血的过程。这个过程结束,轻者要瘦几斤肉,重者可能还要病上一场。所以故乡人在当时条件下一提到建房都要摇头叹气,若一生当中能建一两座这样的草房,就算经受了严峻的考验,就算不简单了。

　　来之不易的东西总是让人感到它价值的宝贵。茅屋草舍在外人看来是衡量一家之主治家理事水平的重要标准,也是说媒提亲时女方要参考的重要依据。在自己人看来,茅屋草舍造价低廉、冬暖夏凉、经久耐用,它就像自己的家人一样可以和自己共御风雨、共对磨难、共享温馨。我生在老家的茅屋草舍,在茅屋草舍里发出第一声啼哭,来到这个世界最先看到的是茅屋草舍。茅屋草舍啊,我曾在你的怀抱里吃喝拉撒睡,在你的怀抱里翻来覆去,我把年少时最美好的时光交给了你。茅屋草舍,是你给了我温暖,是你砥砺我意志,是你护佑我成长。我将永远把你记在心里,永远把你带在身边。父亲亲手建起了茅屋草舍,他大部分时间在外面奔波劳作,风雨来时他回到了自己的茅屋草舍,疲惫的时候他在茅屋草舍里叹息,他在茅屋草舍里头枕着山梁入睡,脚蹬着小河打鼾,睡梦中还想着一家人吃饭穿衣的问题。母亲在茅屋草舍里度过了她一生中的大部分时光,年年岁岁,她不厌其烦地缝缝补补、拆拆洗洗,为了一家人能穿得暖和、穿得干净、穿得体面,她真的很不容易。为了一家人能吃上饱饭,她一日三餐围着灶台转来转去,择菜、烧火、淘米、煮饭,这些都是她一人所为。要知道,巧妇难为无米之炊,母亲的脸色反映着家里米和面的多少,一旦看到她有了不悦的表情,我就隐隐地感到口粮可能快要无以为继了。是的,在青黄不接、米面不足的时候也真的难为了她。但在那个年代,不管是大米白面还是杂粮野菜,只要是母亲做熟的都特别有味、特别好吃。我想这大概就是饿了香、饱了臭的缘故吧。

　　在我的记忆里,母亲在茅屋草舍里有做不完的家务、干不完的杂活,她默默地承担、默默地干着。经年的劳累、岁月的风霜染白了她的头发,她亲手点燃的炊烟不仅熏黑了茅屋草舍,也熏黑了她的面庞。年轻时一双如棉的手在抚育我们弟兄长大之后也变得像冬天的树皮一样干涩粗糙。参加工作后,我每次回去看望她都觉得报不完她的恩情,但母亲看到我只是淡然一笑,最常说的一句话就是:"回来就好,还买什么东西?"其实她并不富有,也没有什么东西,但她真的又不稀罕这些东西,这就是母亲的伟大所在。母亲给了儿女生命,抚养儿女长大,对儿女恩重如山、情深似海。但母亲却不求回报,这是何等的伟大和崇高啊!母亲有万千恩德而不求回报只能说明母亲的无私和宽容,绝不能成为儿女不感恩的理由,更不能成为忘恩的借口。感恩母亲,也感恩天下所有的母亲。

　　故乡的茅屋草舍啊,你矮矮的土墙、厚厚的房草、小小的庭院、窄窄的小巷,已经永远定格在我的记忆里。你外表丑陋,心灵美好;你形体矮小,形象高大。你之于我就像母亲一样可敬、可爱、难忘。这些年,故乡经济的发展催生了房屋改造的热潮,一幢幢小楼拔地而起,一座座茅屋草舍被拆。生活在农村,家畜家禽和农具是不可能上楼的,留一些茅屋草舍不是没有用处。希望富裕起来的乡亲们不要忘记过去,要留着我们曾经赖以生存的茅屋草舍,留着我们的血脉,留着我们的文化,也留着我们美好而苦涩的记忆。

(原载于2015年第3期《莽原》)

# 走 亲 戚

　　走亲戚是春节过后的一项重要活动,一户人家不管穷富都有几家亲戚,只是富贵的人家亲戚多一些,贫寒之家亲戚少一些,但不管贫富亲戚都是要走的。

　　亲戚是血缘关系的载体和明证。走亲戚的先后是根据血缘关系的远近决定的。在故乡农村,一般说来过了大年初一,从正月初二就开始走亲戚了。根据父母的安排,先去的是姥姥家和姑姑家。这道理很简单,因为姥姥家是母亲的娘家,姑姑家是父亲的姐妹家,其他亲戚在血缘上自然就远了一点,在时间安排上就要靠后了。走亲戚带的东西多少要根据亲戚关系的远近和自家的经济状况来定。在二十世纪的农村,家庭都不富裕,为亲戚家准备的东西都比较寒酸,一般都是馃子、饼干、罐头、糖之类的东西。在故乡叫馃子的东西其实是由面粉和红糖一起加工成的又干又硬的圆形糕点,它物不算美但价格低廉,比较好看又拿得出手。但不管怎么说去亲戚家带的东西总量要足够,结构要合理,这样父母才满意,亲戚家才高兴,否则,弄不好不仅伤了自家的面子,还会影响亲戚家的感情。去姥姥家是外孙的事,到了姥姥家按照父母的交代,见到长辈要恭敬、谦卑,要想着说一些问候的话、吉利的话。按照故乡的说法外孙在姥姥家不是客人,所以在姥姥家一定要勤快,要眼里有活,做饭的时候外孙要抢着干点杂活才好,这样长辈会夸这孩子聪明懂事。吃饭的时候,如果姥姥家客人多,外孙就不往餐桌那儿坐了,随便找个地方只要吃饱就行了。吃过饭,是否回家,在姥姥家停留不停留就要看姥姥家人的眼色了。故乡人说，外孙是姥姥家的狗，撵都撵不走，这话有一定的道理，但也不能完全当真，如果姥姥家人不热乎，这姥姥家也是不宜多停的。毕竟等人家暗示或直接撵你走的时候就十分难堪了。相比姥姥家，这姑姑家从思想感情上来说可能会更亲近一些。姑姑看待娘家侄儿，那是自己家的骨肉，那种亲情、那种疼爱是发自内心的。故乡人说，娘家侄儿，正经人，坐到姑家正当门，是他姑的出气人。这意思是说娘家侄儿是姑姑的亲人，如果姑姑受到了儿媳妇和其他人的欺负，娘家侄儿是要为姑姑撑腰做主、伸冤出气的。所以娘家侄儿到了姑家，姑姑绝不会吝啬，有什么好吃的，姑姑都会拿出来，想住几天姑姑一般也不会撵。但这有个前提，就是姑姑在她这个家庭必须能当家理事，如果是一个懦弱的姑姑，娘家侄儿吃了饭还是早点回去为好。

　　走了直系亲戚，其他七大姊子八大姨的亲戚、表亲戚也是要去的，但对这些亲戚只要礼数走到就可以了。因为亲戚有亲疏远近，即便晚去几天，这些亲戚也不会生气，但如果去得太晚或者哪一年忘记了哪一家，亲戚就会计较了。毕竟春节期间有的是时间，亲戚之间历史上都有过互相帮助的情谊，亲戚又是越走越亲、越走越近。所以，走亲戚还是做得圆满一些为好。社会发展到现在，不少农家已经摆脱贫困，走向了富裕，春节期间走亲戚虽然没有中断，但已经变了味道。现在人们走亲戚有的开着轿车，有的骑着摩托，把礼品往那一放，站一站、坐一会儿甚至连茶水也顾不上喝就又去了下一家，几家亲戚一天至多两天就走完了。提高了效率本是好事，但这种简单快捷的走亲戚方式和传统的走亲戚的初衷是相悖的。实际上亲戚之间在意的不是那点礼品，而是一个"走"字和一个"情"字。亲戚之间的互相走动承载和传递着敬意、关爱、惦念……同时走动的过程也彰显着善行，浸润着文化，践行着传统，强化着对亲戚关系的记忆。你到了亲戚家看一看、停一停、叙一叙、吃顿饭，沟通交流了亲情，延续深化了亲情，这让人感到舒服、亲近、厚道。一个家庭之所以能够繁衍发展、薪火相传，一个民族之所以能够生生不息、兴旺发达，靠的就是血缘传承、亲情哺育。而直接把礼品往亲戚家一放就走，弄得好像是你欠了人家的东西一样,这种不以亲情为前提的礼物放得再多也是没有意义的。社会学家讲人类社会所能传承的东西只有两种,一是血脉,二是文化,而走亲戚所承载的正是这些。

　　走亲戚对于远离故乡的城里人来说可不是轻松的话题,他们虽然富裕了,甚至富贵了,但背负着工作和生活的重担,面临着竞争的压力,日子过得远非想象的美好和轻松。他们整天被包裹在钢筋水泥的丛林和汽车的铁壳里面,并不自知正在遭受着富丽堂皇的装修材料的污染与辐射。光怪陆离的东西挤占了心灵的空间,身上沾满了荡涤不尽的红尘世界的尘埃,见惯了世态炎凉,挥不去一个接一个的烦恼。他们中有的人变得人性冷漠、亲情淡然,曾经被故乡养育的日子早已淡忘,甚至变成了传说,曾经在寒冷的岁月里享受过的温暖的亲情也变成了空洞的概念。逢年过节他们可能只是到职场上所需要的人物那里去走动,对于亲戚已经没有兴趣考虑,没有心思顾及。我在想,一个人如果连血脉亲情都可以忘记或背叛的话,在职场上要想成为一个好同志肯定是困难的。其实人类社会的发展和现代文明并不排斥传统文化中的合理成分,人们在追求上进与合法利益的时候也不能有损我们民族传统中美丽的要素和人性的光辉。那些被尘封在岁月深处的亲情、乡情、友情是我们成长的胎记和永远的财富。忘记了过去,割断了历史,人类社会的文明就成了无源之水、无本之木。在前进的道路上,以一颗感恩的心记着过去、记着亲情、记着乡愁,将会使我们走得更快、走得更实、走得更远。

# 赶 年 集

  在故乡，一进入腊月，过年的味道就开始在乡村集镇弥漫开来，赶年集就是带有浓浓年味的一项活动。

  赶年集是为过春节购置准备年货。庄户人家不管穷富为了过个好年都要到镇上去赶集，但由于家庭经济状况不同，赶年集的情况也就有了差别。对于富裕的人家来说，赶年集是一件简单、轻松而又惬意的事情，过年需要什么东西，在家列出个单子，到集镇上跑一两趟买足买够就心里踏实了。而对于贫困的农家来说，这赶年集就是一件麻烦、尴尬甚至心酸的差使。常言说，穷家难当。此话真的不假，在那样的经济基础之上，为了体面地过年，为了通过过年增强家庭成员的凝聚力、向心力，提高他们来年生产劳动的积极性，为了把年过得家内感到欢乐舒畅，家外感到有尊严有形象，那可真是不容易啊。故乡人不懂经济学，也不懂经商的技巧，只想着用较少的物换较多的钱，用较少的钱办较多的事。农家没有多少现成的钱可以用来买东西，多数人家是先在家收拾点东西拿到街上卖点钱，然后再去买年货。在实行联产承包责任制以前的农村，吃饭穿衣都有问题，家里能有什么东西可卖呢？但是为了过年，怎么能不想办法呢？有柴的农户就到柴火市场卖几担柴，口粮够吃的农户就到镇上卖一点粮食，柴粮如果都不足的农户，那就卖几只鸡鸭什么的也得过年，但卖东西对于故乡人来说虽不生疏却很别扭。中国的传统文化和乡村的小农经济意识在他们的心目中根深蒂固，他们世代安贫乐道，日子虽穷但穷得坦然、穷得硬气。他们重农轻商，重文轻商，重仕轻商；他们认为商人是无商不奸,经商无异于坑蒙拐骗;他们从骨子里看不起做买卖的人。这样当他们不得不硬着头皮加入到卖东西的人群中的时候,就显得有些不适应,就难免要交一些学费。一担柴在家称好的有五十公斤重,到了集市上,碰到有些狡猾的买柴人时,故乡人就疲于应对。买柴人说:"哎呀,你这担柴怎么不干呢?"故乡人说:"咋会不干呢?这柴在家已经晒过多日了。""冬天的太阳不管用啊,晒多日也没干透啊!"故乡人无言以对。"挑这么远来了,怪不容易的,总不能让你再挑回去吧,你要是愿意就给我算了。"故乡人怕把握不住买卖的时机,急于出手,随口就给人家说:"行啊,你就开个价吧。"卖柴来到了镇上,就是货到地头死,自然是买方市场,这价怎么能给你开理想呢?尽管这样,柴称了以后,买柴人还是不依不饶:"老哥呀,你这柴火真的没有干透,按规矩是得扣除水分的。"故乡人肚里没有花花肠子,只有自认吃亏,最后就依了人家。这样算下来,从家走时五十公斤重的一担柴,到成交之后,就少了至少五公斤。老一辈的故乡人说:"能教孩子去要饭,不教孩子去挑炭,炭一响少四两,炭一蹾少半斤。"看来这挑柴比挑炭还要辛酸啊! 卖了东西换几个钱,就该考虑买年货了。买年货,男主人首先要盘算着量力而行,一般只买些必需的东西,譬如猪肉、鞭炮、对联和走亲戚的礼品。一家老小辛辛苦苦一年了,都盼着过年的时候能吃上两顿肉,不买肉既没法安抚家庭成员,也没法招待客人,是一家之主的失职。为什么说买猪肉呢? 因为猪肉又肥又香,耐吃解馋,而牛羊肉和鸡鸭鱼肉之类的都是瘦肉,又饥又馋的人吃不了几回就吃完了。鞭炮是烘托过年气氛的,同时放鞭炮还有辟邪和驱除晦气的意思,农历除夕和大年初一家家户户都是要放鞭炮的,不放鞭炮会被外人笑话。贴对联是过年的标志,况且对联上说的都是"福如东海,寿比南山"之类的吉祥话,再穷也不会拒绝这幸福美好的寓意啊! 走亲串友的礼品也是每家必备的,按照故乡的习惯,过了正月初一,从初二开始就要走亲戚,什么姥姥家、舅舅家、姑家、姨家之类的亲戚都是要去的,到亲戚家无论如何都是不能空手的。买的东西虽然不多,但为了图便宜,也不是到集镇上跑两趟就买了。开始主要是打探欲购之物的行情,如果价格不理想就先观望等待。

赶年集在市场上转悠一天,啥也没买的情况并不少见。一般的规律是有钱的人家先购了年货,到了临近春节的几天,商家的货底子要悉数处理,而赶年集的人也越来越少了,这时就出现了供过于求的情况,所以有些物品可能真的就便宜了一些。

在男主人忙着置办年货的同时,女主人也大都往返在赶年集的小路上,她们要到集镇上买几尺布,给孩子准备过年穿的新衣。孩子的穿戴代表着一个家庭的生活水平和男女主人治家理事的水平,孩子衣衫褴褛或者衣服穿得不合身影响的是父母和家庭的形象。在故乡有"远敬衣裳近敬人"之说,所以家庭成员的衣服在外面就是一个家庭的名片,但在那个衣食不足的年代,要让孩子穿得暖和、穿得干净、穿得有尊严,可真难为了不少母亲啊!

赶年集对小孩子也是很有吸引力的。穷孩子身上连一分钱也没有,富一点的孩子至多也就只有几毛钱,时至春节学校已经放假,小孩子也闻到了集镇上的这种年味,在家呆着着急,他们自然就加入到了赶年集的人流之中。小孩们在集镇上主要是看热闹,他们和大人们挤在一起,从南街跑到北街,从东头挤到西头,在大人们的屁股后面,听着此起彼伏的叫卖声,看着五颜六色的年货,闻着货物和人群集散的复合味道,感到欢乐和畅快。在集镇上他们去得最多的地方就是卖炮的摊位,鞭炮、散炮、大炮、小炮,传统炮、现代炮琳琅满目,摊位上不时还传来试炮的响声,这让孩子们大开眼界,流连忘返。在集市上挤了一天,孩子们饱了耳福和眼福,收获了一身汗、一身土、一脸灰,但他们高兴、过瘾、满足。

赶年集的场景早已离我远去,但那场景里散发出来的醇厚的年味,却让我永远不能忘记。

# 故乡的炊烟

在童年的记忆里,故乡的炊烟是我最想见到的风景。因为炊烟传递着饮食的信息,它让饥饿的人看到了希望,感到了温暖。故乡的炊烟虽然没有大漠孤烟的壮美,没有草原上烤羊肉烟气的浓烈,但故乡的炊烟蕴藏有丰富的内涵,这内涵只有农家人才能够品味和解读。

故乡的炊烟具有色彩之美。炊烟是人间烟火,是故乡人薪火相传的符号,有炊烟的地方就有生命,所以炊烟的色彩首先是生命的底色。故乡人皮肤的黑色、黄色、古铜色,茅屋草舍土墙在经年的烟熏火燎之后呈现的黑黄相间的颜色,还有山岗田野的颜色,永远是炊烟色彩的主基调。另外,炊烟的色彩还和多种因素有关。灶下的柴草潮湿或很碎,烟囱里冒出的是缓缓的黑烟;农忙时,为了缩短做饭的时间,会加大烧柴量用大火做饭,这时从烟囱里冒出来的是浓浓的黑烟;柴质干又好,烧出的是淡淡的白烟;柴质一般,烧出的多是青烟或蓝烟。灶下柴草的种类和质量如果发生变化,烟囱会间或出现多种色彩。若是遇到晴天,清晨的炊烟会染上朝霞的颜色,远远望去,村庄的上空就像升起了几道彩虹,小村笼罩在祥瑞的色彩里,这该是一天当中最美的景象了。柴草燃烧了自己,产生了热能,给单调的故乡天空涂上了浓淡相宜的色彩。这些色彩由于是从农家厨房里升起,在那个年代会让人倍感慰藉与亲切。

故乡的炊烟具有形状之美。炊烟初升,多如柱状,若遇风吹,则千姿百态。有时像山间的薄雾,有时像少女的围巾,有时像嫦娥的帷幔,有时像滚动的车轮。有时相近的两家厨房同时生火做饭,炊烟会拧在一起,双向摆动,像龙腾,又像凤舞,颇有龙凤呈祥的气象。这些形状虽然是抽象的,但又是生动的,它给乡村带来了生气和活力。无论什么形状的炊烟都是故乡的图腾,它是故乡人对饮食的崇拜和叹息,它承载着故乡人对幸福生活的希望,见证着故乡人日子的酸甜苦辣,记录着故乡人从荆棘和泥泞中走向坦途的艰辛历程。

　　故乡的炊烟具有升腾之美。炊烟一旦从厨房和烟囱中冲出就有一种向上的力量,这种力量不怕风吹、不怕雨打、不怕雪压,它恰如一代代故乡人自强不息的生命力。在清晨,炊烟和朝阳一同升起,东方地平线上霞光万道,乡村上空炊烟如柱,由于早上几乎是家家同时做饭,所以一股股炊烟就形成了升腾的合力,它不像晨雾缭绕,不像浮云轻盈,而是竞相越过树的枝杈,冲出风的阻拦,直上云端。到了中午,天高云淡,红日当空,人们都在田野忙于农事,收工有先后,午饭不同时,这时的炊烟就显得清淡疏朗、弱不禁风,在升腾的过程中有回旋缥缈之状,像是分散突围,缺乏上升的气势和力量。天到傍晚,夕阳西下,由于不需要赶活,人们从容地烧火做饭,这时的炊烟是舒缓地徐徐地升起,晚霞映照着炊烟,一高一低、一升一降、一黑一红,错落有致、色彩斑斓、天地和谐。我想,王勃在《滕王阁序》中"落霞与孤鹜齐飞"的名句如果改成"落霞与炊烟齐飞"是不是更有人文意涵呢?

　　故乡的炊烟具有味道之美。炊烟是秸秆和柴草的燃烧物,它的味道原本是苦涩的,甚至是呛人的,但是,在掺入了做饭的味道后,炊烟就有一种张扬的香味。哪怕是蒸一锅红薯,煮一锅清粥,就能使清香散发到村庄的每一个角落。最难忘的是过年那几天,不管是谁家厨房里升起的炊烟都是一个味道,都是那么好闻,浓浓的香味在整个村庄弥漫、散发……说到底,炊烟的味道还是家的味道。当晚饭的炊烟袅袅升起的时候,劳作了一天的人们就像看到了收工的信号,不约而同地停下手中的农活,荷锄而归,只待晚上吃一顿粗茶淡饭,周身的疲劳就会像炊烟一样,消失在无边的夜幕里。村后山坡上牧歌唱晚,牛羊哞咩。牧童背着柴草,正赶着牛羊走在回家的小路上;放学后,饥肠辘辘的孩子连书包也没顾上放下,就在第一时间跑到了厨房里。这就是生动的农耕文明的画卷,这就是恬静、舒适、和谐的田园牧歌生活,这一切都是不能忘记的。

　　现在我已远离了故乡,远离了那个年代,远离了茅屋草舍和从茅屋草舍里升起的炊烟。我多想回到故乡的怀抱,再以原有的童心,静看那几间老屋,闲望炊烟飘散,吃顿儿时的晚饭。倘如此,该是多么幸福啊!但是,时光不会倒流,奢望难以实现。那就让我们回望故乡、留着记忆、留着乡愁。让我们在漂泊的日子里惦记着故乡的人和事,关心着故乡的过去和现在,憧憬着故乡的梦想和未来,和故乡人一起健步走向新时代。

# 故乡，那弯弯的山路

故乡的路是一条曲折的路、坎坷的路，干天坷垃成堆，雨天泥泞难行。在这条又窄又短的小路上，写满了我和故乡人的故事。

故乡的路是一条求学的路。可能是家中缺少文化人的缘故，父亲急于求成，在我刚满六岁的时候，他就领着我到我们大队办的一所小学，给我报了名。当时乡村条件差，没有幼儿园，也没有学前班，报名后就直接入了小学一年级学习。学校简陋又简单，用的是泥巴桌，凳子自己带，老师基本都是民办的。入学的第一堂课是语文，至今我还记得课文的内容：爷爷七岁去要饭，爸爸七岁去逃荒，今年我也七岁了，手捧宝书把学上。除了语文，学校还安排了算术、体育、音乐和劳动课，教学秩序基本正常。学校里书声琅琅、歌声飞扬，和同龄的孩子一起学习玩耍，觉得比在家里拾柴割草的感觉好多了。但困难还是有的，学校离我家有三公里远，中间还要翻一座山岗，一年四季、寒来暑往，晴天还算好走，雨雪天就很麻烦。加之父母在生产队都有劳动任务，所以有时吃饭也不应时。在这种情况下，一个年幼的孩子，每天从家里到学校要往返四次，跑十多公里的路，确实很不容易。夏季的天空就像孩子的脸，说变就变，有时上学从家走时还是艳阳高照，未带雨具，但路途中不知从哪里飘来几片云彩，很快就形成了降雨。路上又无处避雨，淋湿了衣服到学校坐在教室里又一动也不动地把它暖干，回到家里自己不说父母也不问，衣服依旧穿在身上。记得我上小学三年级的夏天，下午放学时天下起雨来，我脚上穿的又是母亲做的布鞋，没办法，只好把鞋脱下来装进书包，赤脚冒雨往家跑。

山乡的路,泥水中夹杂着砂石,泥水溅湿弄脏了衣服,砂石硌得脚疼。尤其是山路上的石子,多数都有棱有角,有的石棱子像刀子一样锋利,跑到山脊的时候,我的右脚脚底被石棱子割破了,不知伤口有多长多深,只觉得钻心一样地疼痛,血不知是在滴,还是在流,只看到抬腿后留下的脚印里殷红的鲜血已经和浑浊的泥水混在了一起。一个正需要热血滋养的孩子,就这样把自己的鲜血洒在了刚刚入学的道路上。雨正在下,血还在流,持续的疼痛一阵比一阵难忍,我没有任何办法,只有咬紧牙关,望着家的方向一瘸一跛地艰难前行,走一步路要流几滴血啊!我用带血的脚板笨拙地亲吻着故乡的泥土,亲吻着求知的道路。可是故乡的路啊,你可知道,此时的我是多么渴望投入母亲的怀抱,得到母亲的亲吻啊!雨水早已淋透了我的衣服,冲刷着我疼出的冷汗,也冲走了我上学的热情。到家后,母亲见状心疼得流下了眼泪,她给我洗了脚,清洗了伤口,做了简单的包扎。见到父亲,我没有诉苦,壮着胆子直接说出了不想上学的想法。父亲瞪了我一眼,面带愠色,缓慢而平静地说:"不想上学,你会干啥?"我听后,无言以对,没有再说什么。是呀,我还不满十岁,身小力薄,又没有什么本领和技能,能会干啥?"你会干啥?"这句话虽然简短,却给人留下了太多想象的空间,农家的孩子要想跨出农门,除了上学就是当兵,这道理虽然当时我还不知道,但父亲心里是清楚的。我再看一眼父亲,他还是那样平静地看着我,虽然没有训斥,我已经感到了他的赫赫威严和他那句话的震撼力量。第二天,吃过早饭,我二话没说就一瘸一拐地背起书包又走上了返校的路,再走

故乡山路

· 31 ·

上故乡这条路,这条求学的路,我义无反顾,再苦再累再没回头。

　　故乡的路是一条上山的路。常言道:巧妇难为无米之炊。实际上,无米或无柴皆难以为炊,柴米油盐酱醋茶,柴是第一位的。在那个年代,我老家这一带农村既没有燃气也没有煤,做饭取暖都是烧柴。浅山丘陵区柴火的来源比较少,要想多拾柴、拾好柴就必须去深山区才行。拾柴主要安排在初春或初冬两个时间段,因为初春时节,春耕尚未开始,初冬时节,小麦已经种完。上山拾柴有两种方式:一是当天进山拾柴,拾够一挑当天把柴担回来,在我们这叫"拾跑挑";二是进山住下来,连续拾几天,拾够一车后,再上山用牛车或架子车把柴火拉回来。这"拾跑挑"的方式很辛苦,多半是家里已经面临缺柴断炊的危险而不得已所采取的应急措施,"拾跑挑"只有身强体壮的劳动力才可以承担。记得有一年,我村有两个劳动力结伴到山里"拾跑挑",天刚蒙蒙亮,他们就吃过早饭,扛着扁担绳,带着两个黑馒头上路了,也是沿着这条故乡的小路进了山。山上柴火好拾,他们下午很早就拾够挑了,拾到的柴一点也舍不得留下来,全捆了起来,两人分别挑起来试了试,觉得每人挑百拾斤柴没有问题。每人带的两个黑馒头当做午饭就着山泉水吃完后,稍事休息就开始下山了。结果,远路子没轻重,路上两人只觉得腰酸腿软、眼冒金星、大汗淋漓,再挑这么重是走不动了。于是,两人不约而同地开始往路边扔下一些柴火,以减轻柴火担子的重量,歇了一会儿,又挑起柴火艰难前行。当路程走了将近一半的时候,两人佝偻着身子气喘吁吁,汗水早已湿透了衣衫,额上的汗珠吧嗒吧嗒地滚落,两条发软的腿已经支撑不起负重的身子。两人实在是没劲了,就停下来难割难舍地又扔下来一些柴火,等天黑到家的时候,挑回的柴火只有下山时一半的重量。在故乡,早晚提起这事,提起"拾跑挑",人们的脸上就会泛起恐惧、无奈和沮丧的表情。故乡的小路啊,你见证了故乡人生活的艰难、奋斗和生生不息的顽强意志。

　　除了上山拾柴,故乡人每年还要沿着这条小路上山割草。这种草只有深山区才有,是乡下建房用的一种极耐沤的草,在故乡叫黄北草。草房就地取材,施工简单,造价低廉,冬暖夏凉,比较耐用。但草房有一大缺陷,就是怕刮大风,杜甫写的《茅屋为秋风所破歌》说的就是这个意思。大风过后,草屋被刮,容易漏雨,必须修缮。上山割草比拾柴更为困难,因为山上柴火易拾,而修建草屋用的黄北草山上却很少,且多分布在陡峭的山间或峡谷地带。知道了拾柴之难,故乡人割草建房的不易自不必多说。

故乡的路是一条生产的路。故乡号称"七山一水二分田",而这"二分田"也多分布在这山水之间的小路两侧,一年四季的所有农事活动都离不开这条小路。如春耕时往地里运肥,夏收和秋收时的肩挑、人扛、车拉等等都是通过这条小路完成的。小路畅通时,这些活动进行得就比较顺利,一旦小路不通,影响可就大了。记得联产承包责任制实行之初的一年夏天,我村有一位种田能手,承包了别人十多亩土地,全部种上了西瓜,他舍得投入,又精心管理,西瓜长势很好,产量喜人。可就在成熟的时候,天不作美,阴雨连绵,十来天未见太阳,小路坑多且滑,外面的车辆进不来,成熟的西瓜干急运不出去,就地自销的数量微乎其微,最后无奈地看着近万斤的西瓜烂在了地里,卖出去的一点西瓜连土地承包费还不够。为此,种瓜人又气又悔,还大病了一场。村里人惋惜得唏嘘不已,从此以后,故乡人干脆就称这条路为"生命线"。

几年前,国家安排了"村村通"建设项目,故乡的小路已经被修成了笔直宽畅的水泥路,这条小路已不复存在,但是这条路所承载的故乡的历史将永远镌刻在故乡人的心中。

# 故乡的牛屋

我每次回乡都要到生产队时期的牛屋原址上走一走、看一看,试图凭着童年的记忆搜寻到一点它的踪迹,感受一下它曾经的温度,闻一闻那熟悉的气息,但遗憾的是一座座农家的宅院已经取代了牛屋,牛屋这个曾经温馨的所在已经成了冷漠的字眼。是的,牛屋已经随着耕牛远去,消失在雾霭笼罩的村庄,消失在黄尘滚滚的土地,消失在绿草如茵的山岗,只保留在庄户人温暖的记忆里。

故乡的牛屋伴随我成长。成长对于人生无疑是重要的、神圣的,对于现在的孩子来说,是需要浇水施肥、需要阳光雨露的,但在我的童年,在那样的时间空间,出生在那个穷乡僻壤,我也只能像小村荒岗上的野草一样艰难地成长。故乡的野草一棵棵、一簇簇、手挽手、肩并肩立足贫瘠的土地,笑傲风霜雨雪,顽强地拓展着生存空间,顽强地积蓄着成长的力量,顽强地为大地奉献出一点点绿。看到野草,就自然想起了童年的我和我的那些难忘的小伙伴。

我和小伙伴们去牛屋最多的时候是在寒冷的冬天。冬日的山村寒风呼啸,滴水成冰,待在家里的孩子衣服单薄,形单影只,由于无处取暖,这时孩子们就结伴来到牛屋,我觉得牛屋在整个冬天都是暖和的。牛屋空间不大,一般有两到三间草房,里面喂养两头成年耕牛,在土坯砌起的台子上放着一口长长的牛槽,牛槽的两头用粗壮的木棍固定着,牛槽附近有料缸,料缸边上连着小石磨,小石磨是加工牛料用的,在春耕、夏耘、秋收和冬播的关键环节,耕牛的活很重,这时候喂牛都要多加些大豆之类的牛料,以保证耕牛不掉膘,有力量。牛屋的旁边有个草庵子,是放置饲草的地方,初冬时节,生产队就安排劳动力把麦秸铡碎,储满了草庵,这一草庵的饲草足够两头牛吃一冬天的。作为牛屋的主人,牛把式大多是性情和顺的中老年人,他们身体健康,殷勤实诚,既熟悉养牛使牛的知识,又熟悉农业生产,是生产队里干部和群众信任的人。那年代社会治安形势很好,没有偷猪偷牛的事情,所以牛屋一天到晚都是不上锁的,牛把式干完活,门一关就走了,这客观上就为我和小伙伴们进出牛屋提供了方便。去牛屋最多的时候是冬天,故乡的冬天北风呼啸,寒气逼人,在这季节,鸟儿归了巢,猪狗都不出门,动植物都忍受着严寒的欺凌,大人们都停止了生产劳动,孩子们也无事可做,到牛屋一是可以烤火取暖,二是可以打扑克、做游戏。在那个物质和文化生活都非常贫乏的年代,这对我们来说真的算是一举多得的好事了。其实牛屋里的火并不是为孩子们生的,因为牛也是怕冷的动物,又加之牛屋都很简陋,墙壁砌得也不够严实,温暖的时候在屋里觉察不到,寒冷的时候常有透风之感,由于牛把式怕牛受冻,同时也出于自己取暖的需要,就在喂牛的时候把从草筛里捡出来的草梗和碎麦秸、麦糠混在一起点着,牛把式偎火而坐,一边吸着旱烟,一边看牛吃草。这种火不起火苗,只有烟气,用牛把式的话说,叫烟气撵寒气,增加屋里热气。这种火烟雾缭绕,烟灰升腾,虽有一定的御寒作用,但烤一会儿会把人呛得不咳嗽也得流眼泪,这样的取暖方式,牛把式习惯了,牛习惯了,孩子们也习惯了。围火而坐的过程中,小伙伴们的小手烤黑了,衣服弄脏了,面部也沾染了灰污,弄得灰头土脸的,也都浑然不知,因为他们乐在其中。现在城里人早已用上了清洁能源,家家户户都装了暖气和空调,一进入冬季就穿上了毛衣毛裤、保暖衬衣,冬天再冷也不用怕,但缺少的是那曾经的情趣和欢乐。那年头物质匮乏,衣食不足,营养不良,摄入热量不够,严寒来袭以烟火驱赶,最原始的办法依然受用,人们没有哀怨也不觉得窘迫,依然顽强地活在自己的精神世界里。人啊,愉悦的情致真的与物质和财富的多寡无关。

　　冬日里白天的时光就这样在牛屋里打发了,到了夜晚气温更低,吃罢晚饭也不觉得身上暖和,有时我就拿床破棉被到牛屋来睡。牛屋本来没有床,要说也没地方可睡,但小伙伴们会合理利用资源,我们爬到草庵子里面,把铡碎的饲草扒扒平平,然后把被子一铺裹着身子就躺在饲草上睡了。这种睡法在草庵子里是比较正规的,还有更简单的睡法就是不用被子,只需把棉衣脱掉,上身穿件布衫下身穿条短裤,然后两只脚慢慢蹬着饲草下沉,保持一种睡姿,一直到饲草盖着身子,脖子和头露在外面就行了。这两种睡法都很实用,都很暖和,有时夜里醒来,觉得身上还热得出汗,那种温馨舒适的感觉是睡在其他地方无法比拟的。牛屋里无论白天还是晚上,都弥漫着饲草的清香,弥漫着牛圈里特有的淡淡的臊臭,弥漫着暖融融的气息,还有耕牛有节奏的反刍声,因反刍而摇动的清脆悦耳的牛铃声,和老牛粗重的喘息声。牛屋里这特有的气味和声响,刺激着故乡人的感官,愉悦着故乡人的心灵,激发着故乡人的活力。

　　牛屋也不仅仅是属于孩子们的,在大雪飞舞、漫天皆白的日子,大人们在家里冻得受不了,他们也会三三两两地来到牛屋。一堆烟火周围坐不了几个人,这时候小孩子就要给大人腾地方,于是以火为圆心,屋子里能坐的地方都坐了人,大人们说话了就没有小孩们插言的机会,他们从秋收扯到冬播,从粮食的收成讲到粮食的行情,从眼下的伙食谈到来年春上的口粮安排,人们听了这些话会觉得"食为天"的味道很重。在牛屋里说话自然也离不开耕牛和其他牲口的话题,牛把式说入冬以来这犋牛光吃不干,上了膘也长了精神,明年春耕就更好使了,精明的老农还是能听出来他这话的言外之意,知道牛把式是在自我表扬,农家人崇尚深沉厚重,听了只是相视而笑,不附和也不唱反调,识些字的人们会讲些《三国演义》和杨家将保大宋的故事……

　　牛屋里烟熏火燎,牛屋外雪花飘飘;牛屋里暖气荡漾,牛屋外一派银装;牛屋里灰尘飞扬,牛屋外积蓄着迎春的力量。故乡的牛屋啊,你也是我难忘的小伙伴,难忘你给了我温暖的童年和童年的温暖,难忘你给了我温暖的身体和温暖的心灵。

# 故乡，我的母校

　　故乡是生我养我的地方，也是我获取知识的起点。小小的山村、广阔的原野是我最早的学校和操场，我的父母和乡亲是我最早的老师，他们的言传身教在教科书上是见不到的，年少时在故乡的经历对我一生的影响是决定性的。

　　故乡人厚重朴实。我的故乡是一个被山水环抱着的小山村，真是应了"一方水土养一方人"这句老话，故乡人既有山的厚重、朴实和硬朗，又有水的灵秀、柔顺和温情。听妈妈说，我一生下来，因为母乳不够，吮吸过村里几位女人的乳汁，吃过多家的饭，从小就在故乡人的怀抱里转来转去，至今身上还带有他们的温度；我在故乡人的搀扶下开始了蹒跚学步，至今我的步履还带有他们的特征；我跟着乡音开始了牙牙学语，虽已离乡多年，至今乡音未改。故乡的山水田园是我最初的课堂，故乡的农活是我最早的作业，故乡的每一位亲人都是我的启蒙老师。平时，故乡人邻里之间和睦相处、平平淡淡，几乎看不出亲疏远近。在有事有活的时候，如需帮忙，没有请托，没有承诺，更没有表白，都积极到场，这中间不需要敬烟，不需要倒茶，更不需要管饭，帮忙之后也没有谢谢之类的客套话。故乡人做事是用心、用行的，在他们看来，说话是多余的。他们厚而不憨，重而无声，他们就是这样在默默地诠释着"行胜于言"的道理。故乡人看不起花言巧语的人，看不起工于心计的人，看不起好吃懒做的人。他们不会讨巧，不会算计，更不会奸诈。故乡人像大山一样厚重，像黄土地一样朴实，他们的思维方式和行为方式让人感到可信可靠。如果说家庭是一个人可以栖息的港湾,那故乡就是港湾中的港湾。故乡是一个人的出发地,也是若干年后魂归的故里,故乡是一个人的精神家园,是她的儿女应当永远顶礼膜拜的圣地,故乡对她的儿女永不言弃。

故乡人吃苦耐劳。据村里的老年人说,我们村里高姓这一支的祖先是从山西省曲沃县侯马镇(今侯马市)而来。清朝乾隆八年,弟兄二人一起到豫南一带经商,结果途中遭遇了匪祸,财物被劫,进退两难,哥俩硬是咬着牙一路颠沛流离、忍饥挨饿来到了这个地方。祖上的艰难跋涉、艰辛生活、艰苦奋斗的历史传承了一代又一代人。在这种传统的影响下,村里人人人都特别能吃苦,特别能忍耐,特别知感恩。小时候在村里常听老年人说:"旧社会有家不敢待,时常要躲匪患,跑到山野里给兔子做伴。现在天下太平了,可以安安生生过日子了,多好啊!"故乡人对党和政府有着朴素和真诚的感情。他们不会讲大道理,重身教而轻言教,对子女很少耳提面命,但身教的影响是潜移默化、入脑入心的。忆起我求学的经历,客观地说,我在哪所学校所学的东西也没有在故乡这个大课堂里学的东西多,我的思想观念、行为方式基本上都是在故乡时期定型的。在耳濡目染中我跟故乡人学会了五谷杂粮的种植和管理方法,学会了猪驴牛羊的放养、饲养技术,学会了到山上识别和采挖数十种中草药的方法。当时农村的体制是"三级所有,队为基础",即人民公社、大队、生产队的管理模式。社员以生产队为单位劳动分配,平时一切农事活动都要服从上面的安排,在种好本生产队的田地的同时,还要完成公社、大队布置的一些劳动任务,诸如修路、修渠、深翻土地、挖山造地之类的农活。更有甚者,有时过年也不让休息,还要组织社员到山岗、田野劳动,美其名曰"过革命化春节"。村里人其实都有自己的看法,但谁也不吱声,他们说"屈死不告状,饿死不做贼"。故乡人就是这样一年到头忙忙碌碌地劳作,遇到好年景能够解决口粮就算很好了。但也有个别负担重的农户连口粮也不够吃,甚至还有过年吃不到肉的现象。记得"文革"期间,有年过春节,我们村就有一家因为经济困难没有买肉,家里的孩子看到别人家吃肉了就馋得向父母要肉吃,母亲无奈之下,就用土酱炒白萝卜块骗孩子当肉吃,孩子刚吃了一块,就说:"妈,这肉咋不香啊?"母亲无言以对、潸然泪下,伤感、内疚和自责的心绪交织在一起,一家人都掉下了眼泪。过年不但没给这个家庭带来欢乐,反而使他们沉浸在痛苦之中。

故乡人崇学尚德。受中国传统文化的影响,故乡人重农轻商、重仕轻商、重文轻商。他们尊重品行端正的人,尊重诚实守信、吃苦能干的人,尊重有文化的人。他们把种好田地、尊敬老人、抚养孩子作为天职。如果谁家种地管理不精细,庄稼长势不好,野草没有得到及时清除,就会遭到村里人的非议,会被认为是好吃懒做、好逸恶劳,这种人在村上不被认可,没有地位。故乡人虽然都不富裕,但历来重视读书上学,他们说没文化就是两眼摸黑。但对子女上学他们也要求不高,没有不切实际的想法,他们是实用主义者,对学生设置的底线是上几年学能写信、会算账、不被人蒙就行。当然,如果谁家的孩子学习好,有志气,那家里就是砸锅卖铁也是要支持到底的。不过,求学的路历来都是坎坷的。记得小时候,我的几个本村的同学就有因缴不起学杂费中途想退学的,原因是老师在课堂上几乎每天都要公布欠学杂费的学生的姓名。更有甚者,有时还让小学生在大庭广众面前站起来,做缴款的表态发言。小学生被羞得抬不起头,放学回家的路上,同学们言及此事,有的眼睛里就渗出了泪花。小小年纪自尊心受到了伤害,我的小伙伴小同学有几个都给家长说不想再上学了。但家长对孩子的支持是坚定不移的,他们在村里借、到亲戚家借,甚至变卖了正下蛋的母鸡,才凑够了学杂费,避免了孩子辍学,也避免了老师可能持续的絮叨和数落。在那个年代,贫穷不丑,更不是小学生的过错,但在对待贫穷的态度上却有对与错之分。故乡人轻商是出了名的,他们不懂生意,不愿做生意,也不会做生意。他们认为做生意就是坑坑搞搞,无商不奸,片面地认为只要种好地,有吃有穿就很好了。记得农村实行联产承包责任制之前的一年,生产队的西瓜分配以后还剩了一些,如不及时处理,很快就会烂掉,生产队长说这西瓜得拉到街上卖。但装上车后,叫谁去卖,谁都不愿去,最后队长好说歹说才找了两个卖瓜的人。但西瓜拉到街上后,两人像做贼一样不敢到热闹的地方去,只是找了个清净的地方一蹲了之。他们羞于叫卖,怕见熟人,一见认识的人走过来就赶快把草帽往下一拉遮住了脸面。直到集罢了,瓜才卖了几个,大部分西瓜又拉了回来。这在城里人看来可笑,但在我的故乡都是真切的事情。

故乡人团结友善。故乡人不论同姓异姓,只要同村居住,都有辈分观念。所以平时不管尊卑长幼都是自觉地按辈分称呼,尤其是晚辈见了长辈说话时,必须先带称呼,这样自然显得和睦亲切。村里人家如果有了红白事或者大事难事,家家户户都主动去帮助。这些善举,听老年人说从古至今都是这样。我想大概不是哪一位先祖的规定,而主要是来自人性的善良、故乡的文化和生产生活的需要。在生活困难时期,吃饭的时候常有讨饭的上门,故乡人说,咱自己是穷人家出身,看见穷人挨饿受冻就心里难受,咱能给人家要饭的一个馍,就别给人家一块馍;能给人家一碗饭,就别给人家半碗饭。记得在我小时候,母亲送走要饭的就自言自语道:"老人小孩儿,大姑娘小伙子见人低半截,要不是在家没办法,谁愿意出来要饭呢?"故乡人对贫困有着深刻的认知,他们是这样说的,也是这样做的,他们以一颗慈善的心温暖了讨饭的人们,以自给不足的口粮周济了那些上门求食的男女,以人性的光辉点燃了自力更生、艰苦奋斗、创造美好生活的希望。故乡人待客的真诚和热情也是出了名的,家里来了客人,吃饭的时候,一般情况下都要弄一个荤菜。如果不买肉,就要杀只鸡或下池塘逮鱼,就是简单一点也要炒几个鸡蛋。要知道当时农村经济困难,买盐之类的家庭开销都是用鸡蛋换的,如果不是招待客人,这鸡蛋就是老人小孩平时也是舍不得吃的。故乡人陪客时常常是拿着筷子指着肉、蛋之类的菜让客人吃,见客人把筷子伸过去了,自己的筷子又收了回来。故乡人说:"天天待客不穷,夜夜做贼不富","只要有客人经常上门,就是有声望、有形象,就是门户立起来了。如果一家常年不来客,就是没有人缘,就是过得不好"。这些话是从实践中来的,绝非故乡人虚荣。

我是故乡的儿子,也是故乡的学生,一个尚未毕业的学生。我将在故乡,在我的母校学无止境。

# 家　　犬

　　我这里说的家犬,不是城里人养的宠物犬,而是我小时候在故乡养的看家犬。那年头,故乡很穷,生活和居住条件不好,住房周围也没拉围墙,似有不安全之感,往往是越穷越怕丢东西,所以村里几乎家家户户都养了犬。记得我刚入学那年,一天到本村的一个同学家玩,见到他家的母狗产了几个崽,小狗娃看上去胖乎乎的,怪好玩的,我就抱回家了一个。母亲带点迷信色彩地说:"猫来穷狗来富,猫狗是一口(人)啊,留下来吧。"这小狗在我家还真的没受罪,基本上是家里人吃啥它吃啥,大约一年左右光景就长大了。它一身黄黑相间的厚厚的绒毛,乌黑的嘴巴,大大的眼睛,忠勇机敏的样子,很是讨人喜欢。

　　喜欢它的忠诚。那时农村还没有实行家庭联产承包责任制,生产劳动都是以生产队为单位进行的。白天父母都要到地里干活,我和弟弟都已入学,所以从早到晚,除了吃饭的时候,家里就没人。这家犬好像是心领神会了什么,白天绝大部分时候它就卧在院子里或者是在房前屋后转悠,外人别说进家门,就是到我家院子里也是不可能的。吃饭的时候,家里人都回来了,它简单吃一点东西就跑出去了,有时是找它的伙伴玩耍,有时是到山岗上转一转。等到家人一走,不会停多长时间,它就回来了。年复一年、日复一日基本都是这个样子。最让我难忘的是我家拆旧房建新房的时候。那时候农村春、夏、秋季都很忙,建房一般都安排在冬季农闲时候。老房子拆了以后,粮食和仅有的一点家当都挪到邻居家里了。由于天气寒冷,家人也到别人家借宿了。但厨房还在,从旧房子上拆下来的一些有用的东西也在,准备建新房用的部分建材已经运到了房场。这些东西虽然没有挪走,但都不是太值钱,家人也不是太在意。这段时间,家犬看在眼里,记在心上,它白天还是那样守望,晚上也没有随着家人的离开而远去。北风呼啸,下雨下雪,天寒地冻都没有影响它对岗位的坚守。记得建房施工中间的一个晚上,天气格外阴冷,先是滴滴答答下起了小雨,后来又下起了大雪,人走在雪地里吱吱作响,穿着棉衣还冻得瑟瑟发抖。一大早,我和父亲就来到了房场,看到东西俱在,家犬还像往常一样卧在那里。它身上落了一层厚厚的雪,有些融化的雪水在身上已经结冰。看到家人,它微微抬头,两眼看着我们一动也不动,似在诉说着它的忠诚和凄苦,见此情景,我和父亲感动得半天说不出话来。我的家犬就是这样默默无闻、忠于职守,一年四季、寒来暑往、日日夜夜,它守望着家门,守望着家人,守望着我们共同的苦涩岁月。它不嫌家穷,不惧艰苦,和我们一家不离不弃,是我童年忠实的伙伴和朋友。我在这里真想为家犬鸣不平,我真不理解我们的文化里为什么有那么多带狗字的贬义词,什么"狼心狗肺""狐朋狗友""狗仗人势"等等。别的不提,就说"狼心狗肺"吧,它专指忘恩负义、转眼无情的坏人,这狼心自然很坏,狗肺坏在了哪里呢?我想这大概是中国传统文化里崇尚正直和气节,鄙视依附和献媚之故,但不管怎么说,家犬也是冤枉的。

喜欢它的勇敢。家犬晚上看家,夜深人静,一片漆黑,一个人行走在空旷的山村还有些害怕,但家犬不怕。它照样在

家犬

院子里值守,并时不时地为家人传递着信息。若无情况,它会不紧不慢地在门外叫几声,我们知道那是平安无事的意思;一阵紧似一阵地叫个不停,那是它发现了家宅以外的情况;连续不断的,好像还带有上蹿下跳的动作的声嘶力竭的恶叫,说明凶险的情况已经到了眼前,这时就警示家人,无论如何也得起床看看。从它凶狠的叫声里你可以相信面对任何情况它都不惧怕、不示弱、不退让,它敢于以小搏大、以弱斗强,这是它的性格。在黑夜留心观察,你会发现,只要和家犬迎面对视就能看到它的双眼闪烁着寒光,那寒光会让你想起大漠边关的冷月和戍边战士刀锋上的肃杀,那寒光足以令邪恶消失、侵略止步。

　　家犬的勇敢还表现在野外。那年头,农村平时很少吃肉,家犬为了解馋就跑到野外去搜寻兔子。浅山丘陵区,山坡上、田野里,野兔活动频繁,但发现容易捕捉难。野兔是前腿短,后腿长,跑开了两条后腿用力一蹬,跳起来就是几米远,家犬的优势在于个大腿长,但四条腿运动的频率不高,跑动中拐弯也慢,正撵着,有时野兔一个急转身,就把家犬甩掉老远。不过家犬撵不上野兔也是可以理解的,毕竟野兔是为了活命,家犬只是为了一顿美餐。但家犬逮到野兔的时候还是有的,只是成功率低了一些。我曾亲眼见过它撵兔子的全过程,那场面比电视上的《动物世界》好看多了,它的勇猛、英武和洒脱让我至今难忘。

　　喜欢它的机敏。狗是通人性的,这话确实不假。家犬能察言观色,若是家里来了客人,即使它不认识,只要它看到主人和颜悦色地出来说话,家犬也会主动上前示好,传达着欢迎和友善的信息。若是家人不悦,它也不会到身边讨没趣。这些表现大概是其他动物不具备的。家犬还有一双好使的耳朵,夜静的时候,即使是隔几处院子的微弱声音,它都能听得到。它不仅能听到声音,而且还能准确地辨别声音的方位。有时它叫喊不一定是看到了什么,而是听到了什么声音。我国汉字里聪明的标准是耳聪目明,看来家犬具备了。故乡人说,猫记千,狗记万,老母猪还记八里半。这说的是家犬对距离的记忆力是很强的,实际上狗对距离的记忆,主要是来自嗅觉。若是带着家犬外出,你会发现,走一段路,它会在路边的小树旁、草墩上跷腿撒尿。一般人可能不知道,它这样其实不是为了排尿,而是在做标记。有了标记,不管走了多远,它都能闻着自己走过的路和这些标记的气味找到归途,所以家犬走千里万里也不会迷失方向,忘记家乡。

其实我们对自然界里许多事物的了解都是很肤浅的,和它们的沟通、交流、互动也是很不够的。等到真正对它们有了一定的认识之后,我们就会消除固有的偏见和歧视,你会发现原来它们是我们的朋友。家犬就是这样。

## 故乡，那窄窄的小巷

　　故乡农村的房舍虽然不上档次,但也有自己的建筑风格。农家建房注重邻里沟通,讲究排列有序,注意高低错落,考虑整体布局。而前一排房子和后一排房子之间就形成了建筑学上所说的巷道。巷道虽不宽敞,但也可以保障人畜和农具的通行。故乡的老年人说巷道要抬得过棺材,顺得过轿杆。总之,村上的生产生活活动和红白事的操办都不会因为巷道受影响。童年在故乡没有幼儿园,也没有学前班,真的是无处可去也无处可玩。于是这村里窄窄的小巷就成了我和小伙伴们玩耍的天地、幸福的乐园。现在,屈指算来,离开故乡已经几十年了,故乡发生的许多事情都已经被雨打风吹去,唯独遗落在那小巷深处的故事历久弥新,难以忘怀。

　　小巷深处有文化。小巷里面住了一位会拉弦子的老爷爷,他年轻的时候因为生活所迫跟着说书的当了学徒,在外漂泊多年,吃过苦头,经过风雨,见过世面。最大的收获是

幽幽小巷

学会了说书,在外娶了老婆。后来农村生活有了好转,他就带着媳妇回来了。劳动之余、阴天、下雨或是农闲的时候,老人经常练练嗓子,拉拉弦子,这样小巷深处就时不时地热闹了起来。村上的大人说他弦子拉得好,书说得也好。有时我和小伙伴们就好奇地挤到他家里,有时在他门外驻足。孩子们都不懂音乐和说书,不知道他拉的是什么弦子,也不知道他唱的是什么调子,只觉得他很用心、很投入。他拉弦子闭目晃脑的样子,说唱时丰富多变的表情好像在感染着我们,调动着我们的情绪,引导着我们和他共鸣。现在想来,这可能就是音乐人所说的音乐的力量吧。老爷爷还是一位热心的"文化人",他虽然识字不多,但家里还放有几本早已发黄的缺页少角的线装书,我想这可能是他当年行走江湖、说书卖唱时的教材吧。我们一次次到他家去,一次次专注于他的弦子和说唱,一次次在他面前睁大求知的眼睛,老爷爷有时还到里屋拿出线装书,给我们慢条斯理地读着讲着书上的故事情节和人物命运。我记得听得最多、印象最深的就是《西游记》和《聊斋志异》。当时听到关键处,听到孙猴子、猪八戒和妖怪厮杀的紧要关头,竟然能忍着小便,憋得直打冷颤。当时还不知道憋尿的坏处,要是现在听什么看什么也不能挡着解手啊。说实在的,我至今也没有通读过《西游记》,但这部书的许多故事情节和人物情况我都基本知道,这都得益于老爷爷当年的解读。

　　小巷深处有风景。农村的生态好,在这条窄窄的小巷里,几乎每家的门前都垒有燕子窝,屋檐下还筑有一些马蜂窝,土坯房的墙缝里也有一些麻雀筑巢。故乡人说小燕子对人类是有益的,每年春暖花开的时候,它从遥远的南方来到这儿安营扎寨,繁衍后代,消灭害虫,天气一冷它就带着下一代回家了。最不容易的是燕子嘴泥筑巢,这对一对小燕子来说真是费尽了千辛万苦的"大工程"。故乡人说谁要是捣了燕子窝是要瞎眼睛的。老人们说燕子还是吉祥的候鸟,谁家屋里或是门外有燕子垒窝,就预示着谁家平安如意,兴旺发达,所以小燕子无论到谁家都是受欢迎受保护的。而麻雀则是故乡人讨厌的家伙,因为它专吃粮食,糟蹋庄稼,所以我和小伙伴们掏麻雀窝就没人管了。不过麻雀窝都在土墙的高处,小孩子的身高是够不着的,这时我们就想一些土办法,有时是人踩在人的肩上,下面的人站起来就够着了,有时是去喂牛的那里搬来耙地用的木耙,再把木耙倚墙而立,踩着就上去了。掏麻雀窝有时见到的是尚未孵化的麻雀蛋,有时是快要会飞的小麻雀。小伙伴们每每看到这些都有不尽的欢笑和喜悦。高兴之余我们还一起去捅过马蜂窝,捅马蜂窝的目的是想吃马蜂蛹,因为马蜂蛹炒炒吃很香。小孩们找来竹竿、木棍,在没有任何防护的情况下,就朝着马蜂窝而来,捣掉马蜂窝很简单,但摆脱马蜂的追赶可不容易。小伙伴们有的头上被蜇,有的脸上被蜇,有的眼睛被蜇肿得两眼只露一条缝。俗话说,蝎子蜇马蜂叮当时灾性,这蜇肿的地方没有十天八天是消不下去的,但小孩们不怕,他们愿意这样痛并快乐着。

  小巷深处有闹剧。我村有一棵最大的杏树生长在小巷里面一家的门前,杏黄正是麦收的时候,"三夏"期间是农村最忙的一段时间。白天村里大人都到地里干活去了,小伙伴们早盯上了这棵杏树,树枝上离地近一点的杏都被棍子打掉了,高处树枝上的杏棍子够不着,有的小伙伴们爬到树上摇动树枝也不起作用,孩子们看得眼馋心里着急。于是我就跑到远处捡来几块石头,大声说:"我要用石头砸了,你们都先远点!"有俩同伴在树下没有动,生怕跑远了捡不到砸下来的杏。结果我扔出的石头从树上掉下来,正好砸中了一个孩子的头部,他蹲在树下嚎啕大哭,两手捂着头上受伤的部位,看到鲜血一个劲地从他的指缝中流出,我真的被吓呆了。很快他家里的大人来了,没问原委,背着孩子就朝街上的公社卫生院跑去。听说他头上缝了几针,打了针吃了药,头上还缠了白色的布块和带子。我回到家里,心中惶恐不安,一再地检讨错误。父母并没有打我,他们跑到受伤的小孩家里说了不少好话,又送了医疗费。后来我听母亲说人家并没有责怪,只是说小孩儿们在一家玩的,又不是故意的,没什么。随后人家又到我家如数退回了医疗费。我惹了这么大的事,竟能顺利过关,这是我始料不及的,真是不幸中的万幸。现在想来,这都是因为邻里关系和睦和故乡人的善良宽容和厚道,否则,后果将很难堪。

  那小小的村庄,矮矮的草房,憨憨的老乡,是我的最爱,是我的最想,是我的天堂。

# 故乡的豆腐

离开故乡已经多年，走遍了大江南北，品尝过多种菜系，吃过各种各样的豆腐，觉得还是故乡的豆腐最好吃。我想，一方面可能是因为故乡的水好、大豆好，所以才做出了如此美味的豆腐；另一方面也可能是我多年的故乡生活使我的味觉接纳和记忆了家乡的水土和豆腐。但不管是什么原因，家乡的豆腐都是值得我回忆的。

那时故乡农作物的种植是多种多样的，除了种有较大面积的主要粮食作物，还种有杂粮和豆类。大豆的种植面积不大但年年都要安排一些，由于大豆产量不高又容易遭受病虫害，到后来种植面积就越来越少了。但大豆确实是个好东西，它富含植物蛋白和其他多种营养成分。在那个衣食不足的年代，在农家常年基本不吃肉的情况下，个体所需的多种营养能够基本得到保障，身体能够生长发育，这豆制品肯定是功不可没的。豆腐在上一个世纪的农村是奢侈品，只有过年过节或者是家里来了客人才能吃上，平时农村人是舍不得吃豆腐的。吃豆腐虽然不多，但"吃豆腐"所折射出的故乡的文化可是不少。故乡人受中国传统文化的影响很深，小农经济意识在他们的脑海里占主导地位。他们重农轻商，不想做生意，不敢做生意，也不会做生意，认为商人是无商不奸，做买卖就是买买卖卖、坑蒙拐骗。这些观念反映在"吃豆腐"上倒是很有意思，卖豆腐的在挑着豆腐担子走村串户的时候，只是高声喊着"豆腐"两个字，而从来也听不到"卖豆腐"的叫声。买豆腐的由于是用大豆或其他粮食换豆腐，所以只说"打豆腐"或"换豆腐"，从来也不说买豆腐。总之，在交易的过程中,买卖双方都巧妙地回避了"买""卖"两个字。这不能不说是故乡人羞于谈买卖、羞于做买卖和鄙视买卖思想的反映。另外在买卖豆腐的时候,卖豆腐的只用秤称来换豆腐的豆子或粮食的重量,而很少用秤称卖给你的豆腐的重量。换豆腐的舍不得拿优质干净的大豆给卖豆腐的,豆子一倒入卖豆腐人的秤盘里,换豆腐的人就会褒贬说:"这豆子才收下来,还没来得及整晒。"或者说:"我也懒惯了,这豆子整得不太干净。"卖豆腐的不管豆子质量好坏,多数时候是只捡杂质,不过筛子,然后哈哈着点头笑纳。称了豆子或粮食之后,盘算着该给多少豆腐,就小心翼翼地割下一块,多数时候是不用秤称就给你了,同时卖豆腐的嘴里还念念有词地说,这豆腐是不怕称的,让人感到卖豆腐的怪大方的。如果买豆腐的不放心要让称一下,秤杆翘得高高的,让你看了喜欢,好像多吃了一两二两,占了人家的便宜。其实真的是"南京到北京,买家没有卖家精",因为豆腐含水分是比较高的,拿到家里再称这豆腐,多数时候是不够数的。你真要是再去找卖豆腐的理论,他自然会说:"这豆腐是水汽东西,隔一会儿再称肯定是越称越少的。"就是他再给你添一点豆腐也是没法要的。审视豆腐的交易过程,每一个环节都带有浓重的面子色彩,这大概也算是故乡的面子文化吧。在那无钱买肉、无肉可吃的岁月,能用大豆、粮食换豆腐,用豆腐来解馋,滋养身子也算是农家人的幸运了。豆腐的吃法很多,在我们的食物里很少有像豆腐可以随意烹饪的。它可以煎、炒、炖、炸、煮、蒸,也可以凉拌和荤菜搭配,放过期了还可以做成臭豆腐。我很喜欢吃豆腐,觉得怎么做都非常好吃,就是现在如果在餐桌上遇到了豆腐,我还是愿意先吃或多吃一点,其他的菜宁可少吃或不吃。我感到豆腐好看,洁白如玉、温润可人,豆腐好吃,香清悠远、松软可口,豆腐好德,营养多多、滋养身心。我不是研究营养学的,我想一个人一生不吃肉是可以的,但如果终生不吃豆制品,对身体肯定是有影响的。小时候为了吃豆腐总盼着过年过节,在我的故乡有个约定成俗的习惯,就是小年的晚上都要喝豆腐汤,吃火烧馍。那时候豆腐汤里除了豆腐还放有萝卜白菜和粉条之类的东西,即使是这样,我还是愿意多喝两碗,毕竟一年也就这一个小年呀。平常吃不到豆腐的时候,见到卖豆腐的在村里转悠,就想往豆腐担子旁蹭蹭,兴许能多看几眼大块的豆腐、闻一闻它的香味,这也是一种慰藉吧。

  再回望故乡,回味和思念故乡的豆腐的同时,我也悟出了一个朴素的道理:故乡的豆腐之所以好吃,是因为故乡有原生态的民风,原生态的环境,原生态的原料,原生态的工艺。这是决定豆腐质量的关键因素。故乡山清水秀,绿树环抱,清流缠绕;故乡蓝天白云,天空明净;故乡人勤劳朴实,厚道善良。故乡的豆腐是故乡人用人品和心思做成的,它不含杂质和铜臭。故乡人把做豆腐当成了生计而不是生意,当成了事业而不是买卖,当成了形象而不是牟利。愿故乡人坚守好传统,传承好文化,守正致远,做强做大自己的事业。

(原载于2015年12月18日《检察日报》)

# 故乡的母亲河

故乡的母亲河发源于故乡东部群山之中,山里的涓涓细流、淙淙清泉、潺潺涧水在山谷中交集在一起,汇成了母亲河的雏形,穿谷过峡冲过一道道低山丘陵,母亲河流量大了,河床宽了,脚步开始放缓了。

母亲河名曰泌水,在我们县县志上记录的泌阳八景之中,母亲河因自东向西流淌而被称为"泌水倒流",这"泌水倒流"的景观被故乡人放在了八景之首。我国的地形总体上西高东低,我们华夏民族的母亲河都是发源于西部高原,然后顺着落差逐阶而下,一路向东直奔大海,而泌水却是从我们县东部山地一路走来,一路向西,在县城附近转折之后注入南阳盆地,然后又流向汉水汇入长江,这种东高西低的地形造就了泌水倒流的景观。古往今来,倒流的泌水作为自然景观吸引了众多文人雅士前来旅游观光,故乡母亲河曲折舒展柔美的身姿令他们流连忘返,他们或为母亲河泼墨作画,或为母亲河放歌礼赞。母亲河走下高山,来到平川,就像出浴的少女风情万种,妩媚多姿,款款西行。阳春三月,花香蝶舞,燕子低飞,喜鹊高唱,母亲河两岸河堤绿草如茵,白杨排排,岸柳成行,男女劳动力在河堤外、田野里正忙碌着,牛把式把皮鞭甩得叭叭作响,犁田的耕牛在田野里使劲地奔跑着,施肥、犁地、耙地、播种等一系列的农活正在按照庄稼人设定的程序环环相扣、有条不紊地进行着。常言说,一年之计在于春,文人的表述是"春种一粒粟,秋收万颗子",农家更知春的要义,他们说春争日夏争时,整个春天的农事活动突出了一个"争"字,故乡人在农田里奔走的身影、挥汗如雨的劳动场面和牛驴骡马在耕作时的嘶鸣是对"争"字最好的诠释。母亲河两岸地势平坦,土地肥沃,土壤里含有丰富的腐殖质和一定比例的细沙,这种地在故乡被称为"黑油沙土"地,它很好打理,不仅适合种植粮食作物,还适合种植各种蔬菜,蔬菜类种得最多的是萝卜白菜。"黑油沙土"里生长的萝卜白菜产量高,质量好。萝卜个儿大成色好,既水灵又甘甜,吃起来有水果的味道,被故乡人称作水果萝卜,装箱之后运到城里,深受人们的欢迎,能卖出水果的价钱;大白菜外层老叶少,里面芯包得又大又瓷实,炒熟之后吃起来松软滑嫩,若再将白菜稍炖片刻,部分营养渗入汤中,白菜汤就会混而清香,喝起来像肉汤一样鲜美。

入夏以后,母亲河是最豪爽、最张扬、最有激情、最有韵味的季节,大雨过后,河水猛涨,山洪带着大山的厚重,带着岩石的坚强,带着草木的生机,带着野花的芬芳,源源不断地奔腾直下,河水携带着卵石沙粒从山上到山下,从丘陵到平川,由急到缓,大气前行,丰沛的水源顺着河道从上游到中游到下游,一河清水滋润着两岸的原野,滋润着原野上万亩良田,也滋润着两岸人民的心田,工农业用水得到满足,人民生活用水得到了保障,母亲河倒流的气韵更显风采。天真无邪的牧童在河堤上放牧牛羊,宽厚的河堤,丰茂的水草,密密的树林,碧绿的农田,远山近水,层峦叠翠,水木清华,头顶鹰击长空,白鹭亮翅,沙河里蟹丰虾肥,鱼翔浅底。立身河堤顺水眺望,母亲河水色苍茫,缓缓流淌,沙河岸左右堤护卫着河床,管控着河水,像母亲河的两

母亲河

个臂膀伸向远方。沃野平畴,良田万亩,田依水耕,草依水生,沙河怀抱着良田,河堤依偎着河床,堤岸长满了小草,置身其中,你会感到这里有草场田园、田园草场、北国江南、江南北国的景象。小孩子是沙河的常客,他们在河堤上追逐奔跑,到河里摔打嬉戏,他们捉虾摸蟹,追赶鱼群,热了出汗了,一头扎到水里,一猛子出来浑身凉爽,渴了掬一捧沙河水,喝到嘴里甜在心里,那时的河水真的没有一点污染,清澈明净不见杂质,隔着一米深的水,可以看清河底细散沙粒。孩子们累了就躺在河岸边,把下半身伸到水里接受小鱼小虾的亲吻、抚摸,那种情趣那种感觉十分惬意。中午时分,在两岸农田里劳作了半天的人们,会不约而同地在午饭前来到沙河洗澡纳凉,半天的劳累半天的臭汗,一身的灰污都会在河水里一洗而尽,在洗澡的同时,有的人把布衫或裤头之类的衣物洗净摊在了沙滩上,上面日晒下面沙蒸,待洗完澡出来时,衣服就干了。夏天晚饭前后也是沿岸人们洗澡的高峰期,男男女女同河洗澡,各就各位,分段进行。楚河汉界,清清楚楚。在故乡多年的生活里,从未听说因男女洗澡而发生有伤风化的事情,由此可见故乡道德伦理、传统文化、民风民俗之深厚纯正。

母亲河养育了两岸人民,保障了两岸粮食和瓜果蔬菜的丰收。旱了,引母亲河水灌溉,那时农闲时大搞农田水利基本建设,水利配套设施、干支斗农毛渠一应俱全,农作物需水的时候,母亲河水就能沿着大渠小渠流进大大小小的地块。记得有一年大旱,结果,夏收秋收结束以后,我们这儿粮食产量不减反增。上级召开大会要我们介绍大旱之年夺丰收的经验,当年经验材料写得海阔天空,头头是道,什么领导重视、宣传发动之类的话说了不少,实际上就是一句话:那是母亲河的功劳。涝了,可以往母亲河放水,宽宽的河床,深深的河道,能够吸纳四面八方的来水,母亲河通江达海,她在较短时间内就可把威胁故乡的洪涝灾害疏浚排除。从古至今,故乡人无论走到哪里,都以母亲河为荣,都以能喝到母亲河的乳汁为骄傲。母亲河是故乡的名字,是故乡的图腾,是故乡的名片,是每一个故乡人都应当顶礼膜拜的圣母和精神家园。

岁月交替,时光流转,进入21世纪,亿万年来在故乡土地上静静流淌的母亲河命运遇到了空前的劫难：工农业用水量在剧增，耗尽了母亲河的水流；山林的砍伐、植被的破坏断送了母亲河的水源；掠夺性地挖山、采石、开矿堵塞了母亲河的经络；破坏性地挖沙、取土、开荒伤害了母亲河的身躯；野蛮地排入污水、脏水、废水感染了母亲河健康的肌体。我那曾经年轻秀美、充满生机与活力的母亲河啊，现在已经被糟蹋得满目疮痍、伤痕累累。为了蝇头小利，挖沙使母亲河河床一落几米，抽沙抽垮了道路、抽垮了河堤，两岸少了水草、少了牛羊、少了树林、少了孩子的天真和童趣。春天母亲河鲜有清流，如果说过去的母亲河在春天里歌唱，那现在的母亲河就是在春天里哭泣；冬天母亲河几近干涸，曾经的河上滑冰、河上娱乐，只能成为回忆；夏天的母亲河山洪暴发，奔腾咆哮，河水宣泄，横冲直撞，由于部分河段河堤被毁使河水失去约束，河沙枯竭使河水失去稳控，污水排入使河水生态遭到了破坏，致使母亲河雨季暴怒，伤人、毁田、冲路现象时有发生。水质的退化，使河中鱼虾骤减甚至灭绝，曾经可以直接饮用、可以淘米洗菜的河水已经不复存在，曾经可以洗衣洗澡的河水早已成为过去。

我们历来崇尚修桥补路、积福行善、助人为乐、明理尚德的善举，历来鄙视鼠目寸光、损人利己、断路拆桥、为非作歹的恶人。善恶之辨，一清二白，善恶之报，如影随形。警醒吧，故乡人，保护母亲河就是保护我们自己，就是保护我们的血脉，就是保护我们的子孙，就是保护我们的家园。

# 故乡的泥巴路

　　故乡的泥巴路是故乡的血脉,她既属于故乡的肌体,又连着外面的世界。从古至今,一代代故乡人就是沿着这条泥巴路走向了四方,他们有的为了谋生颠沛流离,东奔西走;有的因为饥寒交迫,食不果腹,倒在了荒野古道,再也没有起来;有的泛舟商海,衣锦还乡;有的为保家卫国、抵御侵略,效命疆场……故乡的路是一条心酸的路、悲壮的路、希望的路。踏着故乡人的足迹,沿着故乡的泥巴路,我走出故乡,走出大山,走向远方。

　　故乡的泥巴路教会我走路。从蹒跚学步的娃娃到健步如飞的少年,我的脚板一天也没有离开过故乡的泥巴路。人这一生,学步是起点,学步很关键,学步关乎当下,学步关系长远,只有走好起点,才能走得稳健。故乡的泥巴路有两大特点:一是滑,二是黏。故乡的黄土一经水就变成了黄胶泥,用黄胶泥脱坯、烧砖、砌墙都是好样的,但要是走在黄胶泥路上就得小心了,否则就有跌跟头的危险。走这种路不能急不能慌,既要放眼远

泥巴路

方,又要低头看路,要不怕湿鞋,不怕粘泥,不怕弄脏衣服,迈步前要站得稳,站稳则脚下有根,有根则不易倾倒,抬脚时要慢,落脚点要明确,这样可以避免黄泥粘掉鞋子,或者滑倒在地。但小孩儿没有经验,在泥水中走路跌倒是常有的事。在我年幼懵懂的记忆里,故乡的泥巴路使我滑倒又爬起,爬起又滑倒,泥水一次次粘掉了我的鞋子,污染了我的衣服。泥水里的砂石也曾硌伤过我的脚板、手臂,在故乡的泥巴路上不仅有我年幼的苦和痛,也有我童年的血和泪。但面对苦难,我没有胆怯,没有退缩,没有裹足不前,顽强的毅力和旺盛的生命力聚在双脚,化作踏过泥水、踏碎砂石、踏平千难万险的力量。终于,我在故乡的泥巴路上学会了走路,学会了一步一个脚印地走路,学会了脚踏实地走路。故乡的泥巴路留有我清晰的脚印,磨砺了我的脚板,练就了我的脚下功夫。实际上科学早已论证人类社会的发展史就是一部"物竞天择,适者生存"的历史。每一个民族都会从自己生存和发展的需要出发,来选择历练自己的起步和行路方式。草原民族的孩子很早就爬上马背,因为在草原上骑马是生活和生存的需要,是最基本的功夫,孩子在历练骑马的过程中摔伤身子也在所不惜。残酷竞争的结果是:生存只选择强者,弱者只能在不能适应中死去。这种草原生存的法则是谁也违背不了的。长大以后,还要学习骑射,这是发展的需要。想当年,蒙古铁骑踏平广袤无垠的欧亚土地靠的就是这种勇猛。

　　故乡的泥巴路启迪人生。漫漫孤旅,有阳关大道也有独木小桥,有春风和煦也有雨雪冰雹,有荆棘丛生也有沼泽泥淖。总之,人生的路充满了艰险和挑战,但是只要有充分的思想准备,只要走过故乡的泥巴路,只要有在故乡泥巴路上摸爬滚打的经历,还有什么样的道路不敢面对,还有什么样的路途不能征服呢?我们党领导的人民军队因为走过了雪山草地,跋涉了人间天险,战胜了围追堵截,所以才能夺取一个个革命和建设的胜利,才能战胜内外敌人,阔步行进在实现民族伟大复兴的征途上。凡事预则立,不预则废。在前进的道路上,我们宁可把困难估计得多一些,这样才不至于在艰险出现时猝不及防。毛主席告诫我们:在战略上要藐视敌人,在战术上要重视敌人。

这就是说做任何事情既要有客观的估价,更要有小心谨慎的态度。有道是泾溪石险人兢慎,终岁不闻倾覆人,却是平流无石处,时时闻说有沉沦。这意思是说人在顺利的时候容易疏忽大意,容易遭受挫折。行进在人生的道路上速度不是主要的,安全才是重要的。所以以履冰临渊之心,看好脚下,稳步前进,就能少栽跟头。当然,人生不可能永远顺利,失败和挫折人人都会遇到,这要求我们还要有好的心态。人得意不可忘形,失意不可丧志,保持着蓬勃朝气、昂扬锐气、浩然正气就没有过不去的坎。当下社会有不少人不注意基本功的历练,不注意基本素质的养成,而急于担大任干大事,这是很危险的。人还是先学会爬,再学会站和走,这样才可以行路。试想一个人如果连站都不会,就急着走或跑,那不栽倒才怪呢,基本功不好,跑得越快就会摔得越狠。这就好比习武,开始的时候一般都要先学扎马步、站树桩、打沙袋之类的基本功。如果不练这些,急于求成,上来就学所谓的套路,那也只能是好看不好用的花拳绣腿,要是以这般功夫和人过招,大概很快就会趴下,只能丢人现眼,贻笑大方。就像中国足球,可能是在绿茵场上的基本功不够扎实,队员技能不够成熟,精神状态欠佳,所以才有了屡战屡败之不良战绩。我想中国足球队员如果不单单在绿茵场上练,也要到泥巴路上练一练,到泥水地上练一练。倘如此,或许队员们足下的功夫就会更高、更新、更实,只要足下功夫了得,那中国足球的水平也就自然了得了。

  回望故乡,我十分怀念那一条条坑坑洼洼布满浊水烂泥的泥巴路。庆幸在我出生的时候就遇上了这样的泥巴路,庆幸在我学步的时候就跌跌撞撞地走上了这样的泥巴路,庆幸我双脚和嘴巴亲吻过这样的泥巴路。故乡的泥巴路啊,你磨炼了我的意志,厚实了我的脚板,练就了我的脚力。我要用那曾经沾满故乡黄胶泥的双脚踏平坎坷,走向未来。

# 故乡的鹅卵石

　　故乡的鹅卵石是平凡的,平凡得就像一块普通的石头,静静地躺在宽宽的河滩上。她以河沙为床,以杂石为伴,在风吹日晒、雨淋冰冻和河水的冲刷下默默地历练着自己,完善着自己。一年四季过往的行人没有谁注意她,也没有谁关心她。没有喧嚣,没有繁华,从古至今她淡淡地生存在这清苦的环境里。但故乡的鹅卵石又是不平凡的,她是大山的子孙,她从高山走来,带着山的厚重和灵秀,乘势而下,一路欢歌,一路跳跃,随着流水,低调地融入泥沙之中。鹅卵石有不一样的形体,不一样的脸谱,不一样的内涵。她千娇百媚,仪态万方,有自然之美,个性之美,和谐之美;她纹理清晰,色彩斑斓,妙趣横生;她外柔内刚,外圆内方,既有小家碧玉的玲珑,又有大家闺秀的端庄,既可铺在人们脚下,又可登大雅之堂。接触到鹅卵石,你会感觉到她的神韵和生命的力量,你会感觉到她的灵性和隐含的人格精神,你会看到她在自然进化过程中碰撞出的生命火花和圆润坚强的形体所折射出的文化的光辉。鹅卵

河滩上的鹅卵石

石是山野的歌,是山水画,是跳动的音符,是摇滚的音乐。鹅卵石的淡泊与宁静、质朴与阳刚、圆通与含蓄诠释着中国古圣先哲"和谐统一"的思想境界。道家的顺应自然,儒家的经世致用,佛家的佛理禅意,墨家的"兼爱""非攻"都在她身上得到了完美的体现。

鹅卵石还是物美价廉的建筑材料,山里人建房造屋,大多就地取材,选大点的鹅卵石砌墙,鹅卵石砌出的墙体严密紧实、浑然天成、坚强牢固;鹅卵石还可以美化环境,满足人们对山水的向往、对自然的情趣和返璞归真的心愿。社区小巷、公园道路、休闲娱乐场所都有鹅卵石的身影。鹅卵石有时还被人拼出不同的图案和造型,给人们带来美轮美奂的视觉享受。另外,造型奇特的鹅卵石还是收藏的上品,在鹅卵石上雕刻、书写、绘画也有很好的艺术效果。

鹅卵石的生命历程给人们留下了颇多启示和感悟。人生需要磨炼,需要奋斗,需要躬身克己,孜孜以求,否则难有作为,难有成就。风雨人生路,坎坷满征程。只有做好了吃苦甚至受伤的准备,才能神清气爽、豪情满怀地上路,才能在路途上跋山涉水,高歌猛进,勇往直前,到达理想的彼岸。马克思说:在科学的道路上没平坦的道路可走,只有不畏艰险勇于攀登的人才能到达光辉的顶点。胡适说:人生本无意义,只有做了有意义的事情,才能赋予人生以意义。革命领袖和学界先贤告诉了我们人生的目的和意义,我们只有把漫漫人生和党、国家、人民的利益紧密联系起来,为党工作,为国家和人民做事,我们的人生才更有意义。一个人不管有何德何能,不管身处何地,都要有梦想、有目标、有追求,不要好高骛远,贪大求洋,甚至张扬狂妄。尤其是年轻人看待事物、分析问题、制定规划要从大处着眼,小处着手,从底层起步,向高处攀登,起步之初要练好脚力,坦荡从容,气定神闲,路途上抬步要稳,踏步要实,眼光要高,视野要阔,这样才能走得顺走得远。鹅卵石出身于高山峻岭,流水一次次把她搬运,风雨一次次使她蜕化,霜雪一次次把她摧残,石块一次次和她碰撞,泥沙一次次和她摩擦,激流一次次把她冲刷,所以她才有了现在的容颜。人生的过程就是鹅卵石慢慢形成过程的翻版。没有折腾、艰险和苦难的人生注定是平庸无味的,人生就像茶叶蛋,身上的裂纹越多,才越有味道。古人云,自古英雄多磨难,纨绔子弟少伟男。孟子说:"故天将降大任于斯人也,必先苦其心志,劳其筋骨,饿其体肤,空乏其身,行拂乱其所为,所以动心忍性,增益其所不能。"从古至今,任何人想有所成就,都是不易的。司马迁受宫刑,忍辱写出了中国第一部纪传体通史——《史记》,正是他的决心和毅力,才使我们明白了许多历史真相,他忠于写史的精神令后人敬佩,司马迁的学术思想,在中国古代思想文化史上占有突出的地位,《史记》被鲁迅誉为"史家之绝唱,无韵之离骚"。玄奘取经从长安出发,一路西行,在茫茫戈壁沙漠上行走,从白雪皑皑的高山翻越,没有道路没有人迹,有时甚至没有饮水和食物,但是胸怀去西天取经的目标,任何困难也不能阻止他前进的脚步,他最终战胜千难万险,孤身一人走到古印度。玄奘西行,历经17年之久,行程五万多里,带回佛经600余部,回到长安,他又用20年时间刻苦翻译佛经。玄奘还根据自己取经的亲身经历,编写了《大唐西域记》一书,他为中国宗教文化的贡献永载史册。当代陈景润为了证明"哥德巴赫猜想"达到了忘我的程度,以至于时光流转,家庭幸福,形势变化,个人荣辱他全都忘却,日复一日,年复一年,白天黑夜,记在心里抓在手上的就是一道道枯燥无味的数学题的演算。终于,苦心人天不负,数十年的含辛茹苦,换来了世人敬仰的学术成就,他证明了"哥德巴赫猜想",摘取了这颗数学皇冠上的明珠,为祖国赢得了荣誉。屠呦呦团队受命研制抗疟疾药物,她和助手遨游书海,翻遍中医典籍,寻找传统验方。提取青蒿素之后,为了检验其毒性,她率先在自己身上实验,一方面是药物未知的毒性,一方面是年轻健康的生命,两者相遇该有多大的风险啊,然而为了拯救千千万万受疟疾折磨的生命,我们的科学家毅然决然地选择了以身试验,这是多大的胆量,多大的气魄,多么高尚的职业操守啊!屠呦呦团队历经千辛万苦,最终攻克千百年来的医学难题,研制出了抗疟疾药物,她不仅是获诺贝尔奖的科学家,也是最美科学家。

  成功的事例不胜枚举,古往今来,每一个成功者都对事业有烈火一样的热情,滴水穿石的恒心,雷打不动的定力。精神的富足和内心的强大是一切成功者必备的基本素质。这些都是我们应当学习借鉴的。我们要看到成功者头上的桂冠都是用荆棘编织,成功者胸前的鲜花都是用血汗染色。我想只要我们心中有梦,胸中有爱,手上有责任,肩上有担当,就一定能够踏平坎坷,走向光辉灿烂的明天。

# 故乡那口老井

故乡那口老井在村庄的西头,我小的时候听村里老人说,他们小的时候老井就是这个样子,看来老井是何时挖的是说不清了,可能是我们村的祖先来这立村的时候挖的吧。

老井的井壁是用片石砌的,井口呈正方形,四边砌了几块大石条,石条高出井口四周地面二十多厘米,免得下雨时脏水流入井里。由于水井年代久远,井口的石条上早已被一代代担水的故乡人踩踏得坑坑洼洼。无论天气旱涝,老井的水位基本就是这个样子,井壁上长满了青苔和小棵水生植物,这应是井水深和泉水丰的缘故。站在井口朝下看,老井的形态像一件大古董,墨绿的井壁,墨绿的井泉,给人以阴森幽远和深邃的感觉。

老井

老井的水冬暖夏凉,清洌甘甜。冬天在老井附近就能看到暖暖的水雾从井口袅袅升腾,这时的井水温润宜人,村里的妇女前来取水洗衣洗菜者络绎不绝;夏季的井水清凉爽口、解热祛暑,炎热天气,生产队里在地里干活的劳动力干渴难耐,这时生产队长就会安排人把井水送到田间地头,汗流浃背、疲惫不堪的人们一一冲水桶走来,待饮下井水稍息片刻之后,周身的疲劳就消除大半。我们村在实行家庭联产承包责任制之前是两个生产队,老井是我们这个生产队的,那时农村在县以下实行的是三级所有、队为基础的体制,生产队是独立的生产经营和分配管理单位,生产队之间基本上没有事务上的往来,但那个生产队的水井,一到旱天就干了,并且井水的口感和水质也不好,所以他们家家都到老井来挑水。全村近百十户人家,四百多口人共饮共用老井的水,老井的水位也没有下降过,全村人其乐融融,都以能喝上老井水为幸事。后来,为了用水方便,有的人家在自家院子里打了压井,老井的用水压力减少了,但它的水位也基本没有上升,取之而不显少,蓄之亦不见多,这是老井的大气和深沉。

老井这地方最热闹的时候是在夏季,最拥挤的时候是在春节前夕。故乡夏季闷热干燥,酷暑难耐,中午吃饭的时候,有不少人到井边的大树下纳凉,四五棵大树在空中牵手,厚厚的枝叶遮挡着火辣辣的太阳,在浓密的绿荫下,即使是下小雨的时候也不会让人淋湿衣服,井口里隐隐地生发着凉气,老井周围变成了清凉宜人的小环境。光着膀子的汉子,肩上搭个破毛巾,脚上穿双脏兮兮的拖鞋,手中的筷子上扎一个沾有辣椒的黑馒头,另一只手端个盛满了饭的大粗碗,那个"大粗碗"在故乡叫"要饭碗",顾名思义是可以装几小碗饭的。汉子们拿够了这一顿饭的量,没有打算在吃饭中间回去。他们或坐在石板上,或坐在地上,或蹲靠着大树,你一言我一语地边吃边聊,从庄稼的长势扯到粮食的价格,从牲畜的饲养扯到交易的行情……总之,闲谈的过程中五谷杂粮都入话,人畜家禽皆有情,因为庄稼的收成关系家家户户的口粮,民以食为天,吃不饱肚子就活不下去,家畜家禽的交易关系到经济收入,柴米油盐,头痛发热总得有几个钱备用,一分钱难为英雄汉,没有钱就寸步难行。聊到兴头上,黑馒头和大碗里的饭都吃完了,也舍不得回去,他们干脆把碗和筷子放在地上,继续享受着海阔天空的随意和饭饱后的满足与舒适,直到自家的女人走过来,喊叫着该刷锅刷碗了,他们才依依不舍地从老井旁离去。在童年的记忆里,老井的大树下也是我和小伙伴们常来的地方,但出于安全的考虑,大人们是不允许小孩子到井岸边的,故乡人说"一人不进庙,二人不看井",现在想来,这话确有道理。所谓一人不进庙是说庙院高墙林立,大殿、古树阴森,一人进去会有深不可测惶恐不安之感;二人不看井自然是说人心难测,怕其中一人背后使坏之故。尽管是这样,我还是怀着强烈的好奇心和朋友们数次一人二人多人来到井岸边朝下看,这是因为老井里有两条鱼,记得一条是黑色的,另一条是红色的,身长各有十几厘米,一年四季它们都在水面游动,摇头摆尾,怡然自乐的样子像比翼的小鸟,又像并蒂的莲花,这着实为老井增添了生机和灵气,也为我们这些小孩子带来了欢乐。这两条鱼不知是谁放入的,也不知是何时放入的,听村里人说,本意是为了让小鱼吃掉水中杂质,以净化井水。听来似有道理,现在想来,在那个年代,故乡人都想到了生物治污,其治污之思想理念也算超前了。遗憾的是我记事时那两条鱼就是那么大,到我离开故乡时,那两条鱼还是那么大,看来水至清则无鱼还是有些道理的,这道理就在于至清之水不是不可养鱼,而是不能长鱼啊。这些年没有回去看望过老井,不知那两条鱼是否还在,也不知它们是否还是那样子。另外,我到井口还爱看故乡人打水,大人们都是用勾担挑着两个木桶或者铁桶去担水,打水的关键环节是用勾担的一头勾着水桶然后慢慢下续,待桶底离井水十几厘米时打水人握着勾担的另一头轻快摆动勾担,带动水桶左右晃动,待桶口朝下时,随机落下,一满桶水就这样勾着提上来了。看来打水也有技术含量,但这门技术我一直没有学会。小孩子到井岸去得多了,大人们既有担心又有反感。记得当时老人们中间有个说法,说某人家的孩子因为顽皮,在井口玩耍时往井里撒尿了。这事说得具体而形象,此话究竟是真是假我至今不清楚,但只记得大人们对这事好像并不在意。我还听到有的老人说:小孩尿不脏,还是中药呢。一个关系民生的严肃事情,就这样被两句诙谐的话语化解了,故乡人的宽容、诙谐、智慧可见一斑。

　　老井最忙碌的时候是在过了小年以后,那时农家虽不富有,但过年的程序是不能简化的,淘米、淘麦、洗肉、洗菜、拆被子、洗衣服的天天都有。冬天能用上温井水是很难得的,老井每天从早到晚都被围得水泄不通,你家洗罢我家来洗,家家户户都要来洗上一遍。用水量最大的日子,可能要算春节前一天了,这一天各家都刷干净了水缸,午饭后都不约而同来老井挑水,挑木桶的、挑铁桶的、挑大桶的、挑小桶的男男女女都来了,他们怀着过年的喜悦,你说我笑,互相谦让,然后把一担担老井的水挑回家里,装满水缸。故乡人在农历大年初一这天是光吃饭不干活的,他们认为这一天代表了全年,这一天要安逸、安详、舒适、快乐。所以一到过年的时候,故乡人的素质和文明程度都好像提高了不少,他们按照宗族的规矩,见面点头哈腰,尊卑有序,礼仪周全,即使是村上有隔阂的人在这段时间也若无其事地问长问短。故乡人对节日的虔诚、对传统的尊重、对和谐的追求、对美好生活的向往,在春节期间得到了集中体现。待春节和元宵节过后,故乡就忙了起来,一切又复归原来的状态。

　　一方水土养一方人,水是生命之源,我们村祖祖辈辈饮着老井的水,品着她的甘甜,享受着她的醇美,吸取着她的营养,我们从老井获得成长和健康。多少年来,村里从来没有听说谁因为饮老井水有什么不适,或生什么毛病,老井水虽然没有经过水质检验,但饮用的实践早已证明她是优质水、生命水。老井滋养了全村的先人和后人,滋养了他们的田野,滋养了他们所饲养的畜禽。常言说,滴水之恩,当涌泉相报。在感恩故乡的同时,我更感恩故乡的老井。井是故乡的标志,"背井离乡"中"井"就是故乡,我难忘故乡,更难忘记故乡的老井。

# 故乡的煤油灯

忙碌的山村在傍晚时分归于平静，庄户人家都默默地开始准备晚饭了，瘦瘦的炊烟从一家家厨房袅袅升起又随风飘散，山村的空气里弥漫着以野菜杂粮为原料的煮熟的面条和清粥的味道。田野里劳作了一天的人们陆续开始收工，劳动力和老牛一起拖着疲惫的身子走在乡间的小路上。夜幕降临了，煤油灯的灯火在一座座昏暗的草屋里摇曳了起来，微弱的光亮从厨房狭窄漆黑的窗户透出，人们知道是该吃晚饭的时候了。这是我童年所经历的乡村生活的缩影。

随着社会的发展，用电的普及，煤油灯早已淡出了乡亲们的生活，但在那个犁地靠牛、点灯靠油的时代，煤油灯可是农家必不可少的照明"设备"。那年头，农村没有电视机、收音机，农闲的时候，人们吃了晚饭有串门的习惯，谁家房屋宽敞人缘好，谁家就成了闲人聚集的地方。乡村的夜晚寂静而漫长，天上如果没有月亮，山村就湮没在黑沉沉的夜色里。树叶不时在风中沙沙作响，家犬在院子里偶有几声叫喊，串门的人都围坐在煤油灯下谈天说地。为了节省灯油，煤油灯一般由小墨水瓶盛油，瓶口上安一个用薄铁皮卷成的小圆筒，筒里顺进去一个细细的灯捻，灯捻点着，灯火如豆，灯光昏暗，人们坐在一间房内，近处只能隐隐看出面孔，稍远一点就看不清你我了，只能听说话的声音分辨是谁，但这丝毫不影响乡亲们说话的兴致。他们你一言我一语说到东家的孩子、西家的媳妇，扯到地里的墒情、庄稼的长势，谈到邻村的变化、集镇上农副产品的行情；有点文化的人还会侃到山外的世界，远方的见闻，他们讨论着农家的事情，交流着多方信息,加强了人际沟通,深化了邻里友情。小小煤油灯为乡亲们提供了抒发思想情感的平台,见证了他们欢乐与痛苦的心路历程,温暖了他们一颗颗清冷的心灵,兴奋了他们一根根紧绷的神经,给他们带来一丝欢愉,也在一定程度上丰富了他们的夜生活。在那孤寂的岁月里,煤油灯是排遣故乡人孤独心绪的火苗;在那贫乏的生活里,煤油灯给故乡人平添了几分色彩;在黑暗夜幕里,煤油灯让故乡人觉得敞亮。煤油灯以有限的光亮给故乡人带来了无限的光明,它点亮在故乡人的心中,燃起了故乡人的希望,和故乡人一起在暗夜里摸索前行。

煤油灯虽然在夜晚必不可少,但使用煤油灯也得看家庭的经济状况如何。那时农村普遍经济困难,生活拮据,但是再困难的人家也要到街上买两样东西,那就是盐和煤油。盐是一日三餐必用的,即使不炒菜,腌咸菜、拌辣椒也离不了。但煤油买回来,用起来情况就不一样了,俭省的农户一个月也用不了一斤煤油,这是因为他们只在做晚饭和吃晚饭时点一会儿灯,吃过饭,刷了锅和碗筷就吹灯了。夜里一家人说话谁也不需要看谁的脸色,常规的家务都是驾轻就熟的,夜晚的一切活动都可以摸黑进行,他们认为点灯就是白费油。经济条件稍微好一点或者日子过得不太仔细的人家夜里多是点灯的,他们认为灯光是一家人的门面和窗口,有时也能聚一聚人气,因为邻居家的大叔大婶子的谁来了,也没法让人家黑灯瞎火地坐那儿,夜晚家里来人不点灯是对人家的敷衍和漠视。点灯是一种礼遇,也代表了对人家的尊重,但只要串门的人一走,没到上床睡觉的时候就熄灯了。在故乡有个说法叫"熬干灯",说的就是串门人不识眼色,坐的时间过长,耗费灯油过多,讨主人嫌的现象。"熬干灯"是特定历史条件下的称谓,在那特定的历史时期,有这样的称谓足以说明农家对点灯耗油的看重与在意。

后来随着地方经济的发展和社会的进步,农村基本都用上了照明电。但由于当时电力资源紧张,农村生产生活用电增长较快,所以有时夜晚供电并不正常,做晚饭时没电,甚至前半夜也没电,后半夜才来电的现象时有发生,针对这种现象故乡人说这是"尿泡电"。因此这一时期家家户户还都备有煤油灯,这时候也有人家算过细账,他们认为电费太贵,仍然继续使用煤油灯,但后来随着电费的下降,照明电的正常,一些家用电器的普及,煤油灯还是慢慢地被闲置了起来。但煤油灯千百年来和故乡人结下了深情厚谊,为故乡人赶走了黑暗,送来了光明,陪伴故乡人走过了黑暗冷清的历程,照亮了一个风雨兼程的时代。煤油灯燃烧的是父辈的汗水、母亲的泪花和故乡人的心血;煤油灯的光亮里透着故乡人慈祥期盼的眼神和婴儿的笑靥。故乡的煤油灯是我走上人生道路的指路灯,是我遨游知识海洋的航标灯,是我在红尘世界跌撞前行的方向灯,是故乡人用亲情为我点燃的思乡灯。

　　久居小城,看惯了夜幕下璀璨的灯海和广厦间扑朔迷离的霓虹灯,但我以为还是家乡的煤油灯最亲、最暖、最亮。乡下人在城里生活难免会有些不适,孤独冷漠时,故乡的煤油灯是一把火;觥筹交错时,故乡的煤油灯是一盏警示的灯;心灰意懒时,故乡的煤油灯会在我眼前顽强地闪亮,它忠诚地告诉我光明在前。

# 故乡野菜情

星期天节假日行走在小城郊外的田野边、山岗上,随便见到一种野菜,就轻而易举地勾起了我对故乡的记忆。因为在那个衣食不足的年代,是故乡的杂粮和野菜养育了我。野菜对于我来说就像故乡和故乡人一样亲切。这些年,故乡发生了天翻地覆的变化,记忆中的故乡已经渐行渐远。但故乡的野菜在我的记忆里却历久弥新,它的形状、它的味道使我常常忆起,并带我一次次梦回故乡,梦回那个年代。

年少的时候是天真无邪的,年少的时光是充满欢乐的,年少时对故乡的记忆永远是鲜活的,但年少时在故乡的生活却是苦涩的。那是个缺吃少穿的年代,当时实行"三级所有,队为基础"的管理和核算方式,设置有人民公社、生产大队和生产小队,以生产小队为单位劳动、核算、分配。村里的男女劳动力都要在队长的组织下以生产小队为单位到地里干活,到年底作总的核算和分成,分成的结果对于大部分家庭来说是猫咬鱼泡——空喜一场。因为一个劳动力干一天才值几分钱,能分些啥呢?故乡人就是这样踏踏实实地面朝黄土背朝天地耕作,以这种方式诠释着对土地的忠诚,践行着对土地的信仰。遇到风调雨顺的年景,劳动力多,挣的工分多,老年人和小孩儿少的人家粮食才勉强够吃。劳动力少,家庭负担重的农户就难免有饿肚子的时候。如果不参加生产小队的劳动也没有其他活可干,也没有别的吃饭门路。那时候村上的男女老少除了聋子、哑巴,不管什么时候,在什么地方见面,说的第一句话都是:"你吃了没有?"这不是村上的礼仪,也不是村规民约的条条,而是事分轻重缓急在村民心目中排列顺序的体现。如果对方回答"没吃哩",或者是一声叹息,那就被认为是摊上了大事。这可不是玩笑,当时的情况就是这样。要是年轻劳动力不满现状,不想干农活,硬要出去闯荡,不但不能养家糊口,而且有可能被当成好逸恶劳的"野马"抓起来。后果是轻者被遣送回来,重的还要进行收容审查或者劳教。这些现象在故乡都曾发生过。吃不饱肚子对于任何人来说都是天大的事情,逃荒要饭对于死要面子的故乡人来说从来都是不考虑的。邻居之间或走亲串友张口借一点吃的东西,虽然可以,但量都很少,只解决燃眉之急,不解决根本问题,毕竟那时都面临着一个共同的现实问题。于是,挖野菜下锅就成

马齿苋

了故乡人的选择。人们常说,天无绝人之路。是的,野菜就是上苍对黎民的恩赐,也是大地对人间的布施。故乡属浅山丘陵区,这里气候温和,雨量充沛,一年四季都有野菜可挖。特别是到了春天,春风送暖、冰雪消融、地温升高的时节,野菜都密密麻麻地从山岗、田野、河边、路旁生长了出来。荠菜、面条菜、毛妮菜、饼子菜、灰灰菜、小蒜、蒲公英,这些都是我童年时最爱挖、最爱吃的野菜。还有至少十几种挖过吃过的野菜,这里我一时想不起它们的名字了,但是我相信就像故乡的熟人一样,只要一见面,这些野菜我还是认识的。因为白天要

上学,挖野菜有时是在放学回家的路上,有时是下午放学到家后,把书包往屋里一放,就扼着筐子,拿着锅铲出去了。挖满筐后到家里交给母亲,她把野菜择好洗净就下锅了。野菜是吃新鲜的,因为多了也没法保存,一般是现挖现吃。那时的野菜,都是绿色环保的放心食品。我想就是现在超市里卖的真空袋包装的野菜也未必有那时的安全。野菜有多种吃法,有的放到面条锅里和面条一起煮熟就可以吃了,有的可以炒着吃,有的是少拌一点面或是单独蒸蒸吃。辣椒和大蒜是野菜最好的佐料,因为有的野菜土腥味重,加之日复一日地食用,实在感觉不到有什么好的味道,所以,用辣椒和大蒜刺激一下食欲就好下咽一些。当然,也有一些野菜味道很好,好像比有些蔬菜的味道还要鲜美。像初春的荠菜,只要做熟,怎么吃都好,毛妮菜、面条菜、灰灰菜做面条吃,口感光光的,有吃菠菜的感觉。看来"家菜没有野菜香"也不全是一句调侃的话。但野菜的性质多数寒凉,吃多了容易拉稀,这大概是搭配的面食少,伤了脾胃的缘故吧。米面短缺,饮食结构不合理,长时间进食野菜会使人面如菜色,缺少活力和精神。但为了填饱肚子,维持生命所需要的能量,谁还能顾忌这么多呢?

说实在的,那时我真羡慕班上吃商品粮的同学,羡慕他们吃白馍穿好衣服,羡慕他们在教室里可以安排到好的座位,羡慕他们放学后不用去挖野菜,羡慕老师不批评他们,至今我也弄不明白是老师不敢批评还是不愿批评他们。我幼小的心灵就知道了同学之间还有贵贱贫富的差异,就知道了自己出身的低微。它使我自强,让我砥砺意志,使我在课堂上就有了一种知耻而后勇的感觉,有了一种置之死地而后生的奋发向上的力量。

故乡的野菜啊,你就是我的亲人,在你身上凝聚了天地正气、日月精华、人间大爱和泥土的芳香,是你给了我和乡亲们生命的底气和力量。我真诚地感谢你,在那样的峥嵘岁月,在故乡青黄不接、粮食无以为继的时候,你应运而生,发扬舍己救人的献身精神,真诚地感谢深沉、厚重、朴实的大地孕育了那么多无私奉献的野菜,真诚地感谢大自然关爱生民的慈悲和善良。

现在我们已经远离了那个年代,远离了故乡,远离了故乡的野菜,过上了丰衣足食的优越生活。但过去是不能忘记的,幸福生活是来之不易的。我们一定要时刻警示自己,教育后人。要多一些感恩,多一些忧患,多一些反思。须知,忘记了过去就意味着背叛,不忘过去是为了开辟未来。

# 故乡，那远去的蛙声

童年对故乡的记忆永远是鲜活的。故乡的山川河流，故乡的道路原野，故乡的茅屋草舍都早已收藏在我内心深处；故乡的蛙叫、鸟语、虫鸣并没有随着我离开故乡而消失，反而在我思乡的时候声声入耳，在我熟睡时慢慢入梦。

那远去的蛙声是最纯美的乡音。立春之后，春风送暖，地温升高，春雷一阵阵从天边传来，布谷鸟在空中高唱，叫醒了冬眠的青蛙和其他小动物。惊蛰一到，它们就陆续从蛰伏的泥土中爬出来，开始活动着身子，感受春天的气息，适应春天的环境。同时开始四处觅食，补充能量，为产卵、抚育下一代做准备。青蛙在仲春时节，可能是对乍暖还寒的气候不太适应，所以还不太活跃，叫喊也少。待喜降春雨之后，土地湿度增加，河道、池塘、沟渠也新蓄了一些雨水，青蛙活动的空间便扩大了。这时它们就开始频繁出没，时聚时散，于是蛙声响起了，虫鸣、鸟叫了，春天除了有绿的色彩、花的芬芳，还有绿的旋律、美的乐章。这时节，我和小伙伴们会不约而同地跑出家门，跑到田野、跑到河堤，吹着柳笛、唱着歌谣，看青蛙跳跃、看青蛙戏水、听青蛙歌唱。调皮的孩子还伸长脖子，猫着腰，模仿着青蛙的发音，和青蛙互动，和青蛙交流，和青蛙对唱。那时候我们还不知道青蛙是对人类有益的动物，只觉得青蛙好看，它身子有青色、土色、花色等色彩；青蛙好玩，它上蹿下跳，地上水中动作轻盈、运动自如；蛙声好听，它歌声有高低长短，音韵宽广，旋律飞扬。是的，青蛙是春天的精灵、春天的歌手。我们相信在一次次和青蛙近距离的接触、互动、共鸣之后,青蛙能够认得我们这些小伙伴,青蛙能够识别我们的声音,青蛙能够知道在这同一方水土还有那么多喜欢它的朋友。

那远去的蛙声是原生态的音乐。故乡的生活是单调的,在田野里劳作了一天的故乡人在夕阳西下的时候会不约而同地牵着耕牛荷锄而归。黄昏的时候,特别是骤雨初歇的黄昏,青蛙便开始活跃起来,它们爬出荷塘,爬出溪流,跳跃着、追赶着、歌唱着,时而跳到房前屋后,时而在水中若隐若现。其叫声时而高亢时而舒缓,时而像是互答时而像是异性间的缠绵。劳累的故乡人吃上一顿如意的晚饭,抽上一袋旱烟,听上一阵蛙叫,周身的疲惫就会消除一半。故乡人在蛙声中谈论着庄稼的长势,打听着牲畜的行情,议论着儿女情长的话题。而后,他们在蛙声中,头枕着村后的山梁入睡,脚蹬着门前的小河打鼾,又在鸟语中起床,重复着昨日的劳动。青山无语,流水有声,小鸟归巢,蛙声唱晚。那伴随着故乡人慢慢入梦的蛙声是故乡人永远的音乐。故乡人就是这样在青山绿水的环境里劳动生活,他们没有战天斗地的豪情,只有脚踏实地的执著;没有好高骛远的张扬,只有默默无闻的实干。他们顺应着自然,春天播种,夏秋收获,什么粮食收下来就吃什么粮食,什么蔬菜成熟就吃什么蔬菜,什么季节到了就穿什么衣服。他们守望着自己的山水,打理着脚下的土地,山水护佑着他们,黄土地回报着他们。山水、田野、牛羊猪鸡犬鸟蛙虫已经和故乡人融为一体。这种人与自然的高度和谐,达到了至真至美至乐的境界。故乡人在蛙声鸟语虫鸣的意境中休息,虫鸣为伴奏,蛙叫为歌唱,鸟语里传递着农事的讯息。他们听惯了这些自由自在的天籁之音,有感官上的享受、心灵上的满足。他们听不惯城里人坐在屋里编造的诸如我的爱、我的郎之类的所谓民歌,看不惯城里忽闪忽闪的霓虹灯,穿不惯城里人露着肚皮之类的衣服。故乡人有城里人没有的原生态音乐,但没有享受这音乐时的夸张的动作;有灵山秀水,但没有金山银山;有小桥流水,但没有诗意人生。如果说音乐的意义在于陶冶人的性情,愉悦人的身心,给人以美的享受,那么故乡人在起伏的蛙声中已经实现了。

那远去的蛙声预报着丰收。从春天的第一声蛙叫算起,距油菜和小麦的收割已经很近了,故乡人认为蛙声里蕴含有丰收的讯息。青蛙越多,叫声越密集越响亮,庄稼的收成就越好。这其实是有科学道理的。因为青蛙是人类的朋友,是消灭害虫的高手,在它身边飞着的蚊蝇、爬着的害虫休想跑掉。青蛙在农田里活动得越多,农作物所受的虫害也就越少,当然丰收的希望也就越大。"稻花香里说丰年,听取蛙声一片"说的也是这个道理。实际上,在农田里用青蛙治虫,是绿色环保的治虫方式,也是被科学界认可和提倡的。但人们为了图省事,往往买来农药在庄稼地一施了之。农药的滥用危害是多方面的,首先是粮食、蔬菜、土地、水源上的农药残留正危害着人类的健康,另外环境的破坏导致了有益物种的减少,甚至灭绝。生物链的断裂造成害虫的大量繁殖并增强其抗药性,这些现象对农业生产和人类生活的影响是深远的。在这种情况下,我们更觉得青蛙可贵,蛙声亲切。从动物学的分类上讲,青蛙和蟾蜍同属一科,青蛙和蟾蜍在中国的文化里都是吉祥的动物,我们到酒店宾馆往往会看到吧台上放一个铜制的青蛙或蟾蜍,口中衔着硬币,这是招财进宝的意思,也有辟邪和带来吉祥的暗示。我们的文化里"蟾宫折桂""金蟾献瑞"之类的说法都有很好的寓意。我们一定要保护、善待青蛙,因为留着青蛙就是留住了丰收,留住了吉祥,留住了朋友。否则,在若干年后,当我们的子孙在自然界难以找到青蛙,只能在教科书或图片上认识青蛙的时候,那将是可悲的。

  今年夏初,我回故乡小住,已经没有童年记忆里的群蛙争鸣了,只能在夜晚听到遥远的、微弱的、稀疏的蛙声。如果说童年听到的蛙声是歌唱,那现在听到的蛙声就像是在哭泣。她哭泣生存空间的狭小,哭泣一个个同伴的失去,哭泣人类对她越来越不人道。我好奇地来到当年玩耍的荷塘、小河、田野,但遗憾的是现实的环境已不能再现童年的记忆,荷塘里早已没水,只是一个干坑,小河也变成了季节河,在青蛙最活跃的季节也没有见到青蛙的影子。故乡人说,没有清水,哪有青蛙呀。是的,河道里散发着臭味,脏水取代了清清的溪流,飞舞的蚊蝇取代了游泳的鱼虾,成堆的垃圾取代了丰茂的水草,环境的污染已经危及到了我的故乡。我在河堤上呼唤,我在田野里低语,我童年的小伙伴——青蛙,你在哪里?是啊,人类对环境的破坏已经毁灭了青蛙生存的家园,青蛙弱小的身子怎能挣脱人类屠戮的大手。当人类直接或间接将杀戮的对象指向自己朋友的时候,对人类来说不仅是愚昧和无知,而且是危机和灾难。醒悟吧,那些破坏环境,捕捉青蛙,啖食青蛙的人们,我盼望天公盼望乡亲再造青山绿水,再造环保宜居的环境,留住我们的记忆,留住我们的真情,留住那远去的蛙声。

(原载于2015年第3期《莽原》)

# 故乡的麦场

过了立夏,气温一天天升高,快到小满的时候,小麦已经泛黄,田野里夏风吹拂,麦浪翻滚,小麦在成熟前特有的清香随风飘散,飘向村庄,飘向乡镇,飘向城市,庄稼人知道这时该抓紧准备麦收的事情了。

在实行联产承包责任制之前,农村实行的是以生产队为单位的劳动和分配体制,生产队由队长、会计当家,他们在麦收前夕要召开青壮年劳动力大会,在会上一是进行思想动员,要求参加麦收的人员不能请假,不能偷懒;二是各家都要准备好镰刀等收麦工具。熬过了寒冷的冬季,熬过了青黄不接的春季,不少农家的粮食已经告罄,终于到了收获的季节,人们的心里自然充满了喜悦。生产队里要准备的是喂好、调养好那几犋耕牛,买齐桑杈、扫帚、木锨、牛笼嘴之类的东西,接着还有一项重要的工作就是碾压麦场。麦场一般选在临近村庄和麦田的大路旁,其面积有十来亩大小,麦场要先平整好,在旱天还要浇些水浸湿场面,约半天后就由牛把式套上牛拉着石磙在场里反复碾压,直到压瓷实、压平、压得不起土为止。

麦收在没有农业机械的情况下是靠人起早贪黑用镰刀收割的,麦田里高温夹杂着热风,浑身流淌着汗水,湿透的衣衫和裤子夹杂着干燥的麦秆和刺人的麦芒,割麦的人们在已经十分劳累的情况下,还得忍受着闷热、刺挠和烦躁的折磨。在割麦的过程中,有的人因为过度的劳累昏倒了,有的人瘫坐在地上起不来了,有的人腰痛得直不起来了……这些都不是个例,没有过这种劳动经历的人,真的难以想象这劳动强度之强,真的难以想象"粒粒皆辛苦"之苦!把小麦在地里割倒,只是麦收的第一步,紧接着还要靠肩挑、人扛、车拉把小麦运到麦场里。故乡人有句俗话,叫"麦上垛,谷上场,绿豆扛到脊梁上",意思是小麦运到场里一般要先垛起来,这是因为生产队劳动力有限,种秋作物还要不误农时,只有在秋作物种完,甚至在秋作物长出来,锄了第一遍地之后才开始把小麦垛扒开摊晒,这时就有牛把式使牛拉着石磙在麦秆上反复碾压,有时为了加大碾压

麦秸垛

的力度,还要在石磙的后面挂一片大石头,这片石头被故乡人称为捞子。炎炎夏日,麦秆晒焦了,石磙和捞子一遍遍地碾压,劳动力拿起桑杈一遍遍地把麦秆翻过来,然后翻来覆去地碾压,麦秆被碾断了、碾碎了,麦粒一粒粒从母体脱落下来,金灿灿的麦籽在麦秸下场面上落了厚厚的一层,这个过程叫打场。打场按照故乡的传统是慎重和庄严的,打场的过程中石磙不能坐,妇女不能进场,打场的石磙要专用,过年的时候石磙上还要贴上红纸,写上"青龙大吉"之类的吉言。我想这可能源于千百年来人们在与饥饿做斗争的过程中,对粮食和丰收的期盼、崇拜。打场结束后,下一个环节就是扬场,扬场前要先用桑杈把碎麦秸挑走,然后把带有麦糠的麦籽拢成大堆,等待有风的时候用木锨把混有麦糠的麦籽一锨锨扬起,自然风吹来,麦籽重就会垂直落

石磙

下,麦糠轻基本都被风吹走,隔一会儿再用扫帚掠一掠,把麦籽和麦糠彻底分离。扬场是技术活,不是人人都能干,割麦是体力活,只要有力气的都可以参加,整个麦收的过程就是在故乡人的团结协作下进行的,这种传统的甚至原始的劳动方式虽然效率低下,质量不高,但故乡人各就各位,全心全力,和谐相处,没人叫苦,没人说累,他们以这种方式用力气和汗水换来劳动果实,他们认为这有形象、有尊严、有滋味。

打麦场除了打麦,还有多种用处。秋天的杂粮收割了也要先运到场里,该上垛的上垛,该收打的收打,每一种作物都有固定的收打程序,人们按程序劳动,按程序收获。最后把晒干整净的粮食分到家家户户,共同享受丰收的喜悦。打麦场客观上在繁忙的季节为人们赢得了几分从容,使人们能够在收打种管的过程中环环相扣,不误农活,合理地分配劳力、安排时间,使人们在传统的生产模式下实现了效率的最大化。

打麦场不仅是劳动的竞技场所,也是故乡人生活的大舞台。夏日的夜晚,无风无雨,酷暑难耐,男人们吃过晚饭,光着膀子,抓个凉席,拿个扇子,有的还叼个旱烟袋,不约而同地朝麦场走去。麦场上有的人横七竖八地在席上躺着,有的人因为一天的劳累躺下就打起了呼噜,有的人坐在席上摇晃着芭蕉扇,有的人嫌坐着不够凉快,索性到场边晃悠起来。人们的关切点和兴致不同,话题也自然不一样,有点文化的人讲起了吴三桂背叛朱明王朝引清军入关之类的历史故事,真正的庄稼人关心的还是当下庄稼的长势和猪马牛驴的行情,小孩子们在不知疲倦地奔跑嬉戏,唱着童谣,望着星空,争吵着哪一颗星星最亮……

打麦场上洒满了父老乡亲辛勤劳动的欢乐,有我和小伙伴们童年的足迹、跌打的痕迹,承载着我许许多多童年的梦想和汗水。这些年我一次次回到故乡,一次次去打麦场寻觅,遗憾的是打麦场早已被复耕了。我想我美好的童年梦想也已播入了这复耕的土地,她正在故乡的泥土中生根发芽,开花结果。

# 洋槐树之恋

　　故乡的洋槐树是极普通极常见的一种树,在树木的王国里,她没有红木高贵,没有松柏挺拔,也没有杨柳多姿,但是,她却以特有的品格赢得了我和故乡人的尊重与喜爱。

　　她贫贱不移。在故乡,从村内到村外,从山岗到河边,从沟汊到路旁都有洋槐树的身影。虽然她随处可见,但因为她出身卑微,又无魁伟的外表,所以并没引起人们的关注。没有人欣赏她,也没有人爱护她,更没有人为她浇水、施肥、松土。但是洋槐树有着旺盛的生命力,洋槐树苗只要有少许的毛根,栽上就能成活,而其他所谓名贵的树种在洋槐树生长的环境里是难以存活的。她大小根密布,主须根发达,深植于泥土、沙石之中,能够吸收深层和周边的营养与水分,所以洋槐树无论大小,只要一生根发芽就有一种压抑不住的奋发向上的力量,这力量足以使她对抗恶劣的自然环境。风吹不倒她,雨冲不走她,缺水旱不死她,水淹也夺不走她的生命。她防风固沙、保持水土,坚守岗位、恪尽职守,给荒芜以生机,给贫瘠以希望;她不慕虚荣,从没想过进入城市的公园和肥美的土地,只愿意与小草为伍,与野花做伴;她从不攀比,从不见异思迁,只愿意在山岗、村头,永远守望着故乡和故乡的亲人。

　　她威武不屈。洋槐树有着不可触犯的威严,她的干枝都被厚厚的铁黑色的树皮包裹着,这树皮坚硬、干裂而粗糙,宛如武士身上的盔甲,对自身有一种天然的保护作用。另外她的枝杈和幼树还长有一二指长的洋槐刺,一不小心碰到就会被扎得流血。所以洋槐树拒

洋槐树

绝玩弄,即使是爬树高手也不敢攀爬她。小时候,在农村生活,我和小伙伴们爬过很多树,唯独没有爬过洋槐树。洋槐树不怕挫折,愈挫愈勇,愈折愈旺。春天的时候,乡亲们为了吃洋槐花,就要先把树枝折断,然后放在地上小心翼翼地把花捋下。一棵洋槐树折断几枝不影响生长,即使是一棵树上的枝杈折完了,她还会疯长出更多的枝杈,展现出更加旺盛的生命状态。这种情况若发生在其他树身上是不可想象的,所以故乡人说,洋槐树发浪,越折越旺。洋槐树不屈的性格在四季的变化中也有不俗的表现。春天,当冰雪消融、大地回春的时候,洋槐树迎着春风在枝头次第绽出新绿,她是较早报春的使者;夏天,洋槐树用繁茂的枝杈和绿叶遮挡着风雨,为饱受暑热之苦的乡亲提供一片绿荫;秋天,秋风吹黄了绿叶,黄叶在与秋风的抗争中落入泥土,而洋槐树依然不卑不亢地站在那里,她丝毫不向秋风示弱,不向萧瑟低头;冬天,洋槐树在冰天雪地上傲然挺立,并不时迎着寒风发出嗖嗖的声响,故乡人说,那是她鄙视严寒在高声歌唱,她用舞动着的枝头举起了冰雪,有人说她是在为歌声伴舞,故乡人说,不是,她是戏冰雪于股掌之上。

　　她不妖不媚。春暖花开的时节,洋槐树如约花开,她不争先,也不拉后,不争宠,也不显摆。在自然界里,有的花是叶未生出,花先开放;有的花是和叶同步,绿叶生长,鲜花开放。而洋槐树不是,她的花是在绿叶生出后开放,且一旦开放就低垂下来,不像其他花把头高高

· 81 ·

抬起,唯恐人们看不到。洋槐花,她的谦虚、淡定、深沉、大气可见一斑。洋槐花多藏在枝叶后面,没有鲜艳的色彩,也没有张扬的媚态,她洁白如玉,香清而馨远、味淡而悠长。在洋槐花盛开的时候,带着赏花的雅兴与偏爱,轻轻地采一串新鲜的洋槐花,闻一闻、舔一舔,或者干脆含在嘴里,你会感到清香扑鼻、神清气爽、甜美可人,那真是一种感官上的享受。

她奉献一切。洋槐树浑身是宝,洋槐花是纯天然的绿色食品,比无公害蔬菜还要安全可靠。在温饱无着的岁月,她给乡亲们帮了大忙。洋槐花采下来后,要先在水里煮一下,水开即熟,然后捞出来晒干,可以经年存放。洋槐花怎么做都好吃,凉拌、炒菜、做包子都是上好的选择。最喜欢吃母亲做的槐花炒鸡蛋,现在想起来那味道,还有点馋涎欲滴。长在树上的鲜槐花还是小蜜蜂获取花蜜的首选,成群的小蜜蜂趴在花蕊上又吃又拿,它们有的走有的来,按照分工,都在有序地劳作着……养蜂人说,槐花蜜是蜂蜜中的上品,配着开水喝一点可以润肺止咳、清火疏肝。洋槐树还是上好的木材,她木质坚硬,用途广泛。木工说,洋槐树放倒后要先扔到坑塘沤泡几个月,然后树皮脱落,晒干后即可使用,据说这样可以永久解决虫蛀的问题。洋槐树可以建房用,也可以做家具或做他用。洋槐树枝可以扎成篱笆墙,由于她枝条上有刺,所以用她扎的篱笆,牛羊猪鸡之类的小动物都望而却步。洋槐树枝还是优质的柴火,可用来烧火做饭、生火取暖。总之,只要人们有需求,她随时会把自己化为灰烬,为人们送去热能和温情。

故乡的洋槐树啊,你就是我亲爱的故乡人。洋槐树一样的故乡人,世世代代坚守在这片贫瘠的土地上,他们劳作着、创造着、奉献着。从古至今;寒暑易节、风霜雪雨,他们都坦然面对,屹立不倒,他们是共和国可靠的防护林,是我心中永远的乡亲,永远的洋槐树。

(原载于2016年6月3日《检察日报》)

## 故乡的味道

难忘故乡的红薯,因为在那个衣食不足的年代,是以红薯为主的杂粮养育了我和故乡人。这里我想以一颗怀旧和感恩的心谈一谈关于红薯的话题。

红薯原产南美洲,明朝万历年间由华侨引入国内种植,先在闽浙地区试种,随后逐渐推广至内地。红薯生命力很强,喜暖、喜光照、怕冷,适宜在多种土壤条件下生长,是很重要的食材,加工后也是美味的食品。红薯不仅可以充饥,同时还是优质的保健食品,它富含蛋白质、淀粉、果胶、纤维素、氨基酸、维生素及多种矿物质。有抗癌、保护心脏、减肥等多种功效。《本草纲目》记载:"甘薯补虚,健脾开胃,强肾阴。"另外,红薯叶可做青菜食用,红薯秧还是优质的饲料。我不是搞人口学研究的,但可以肯定地说,我国自从引进了红薯的种植,城乡特别是广大农村就少了很多饥民,进而间接地促进人口数量的增长和身体素质的提高,所以红薯对于国人而言功不可没,那个引入红薯的华侨真是一位功德无量的人物。

红薯可在春夏两季种植。春红薯也叫早红薯,一般要在初春开始育苗,苗成即可栽种,栽之前要先施足底肥,然后起垄,红薯苗栽在垄上,株距三十多厘米为宜,栽时适当浇水即可成活。夏红薯又叫晚红薯,是在油菜小麦收割结束,腾出空地以后栽种,栽种方法和春红薯一样,但苗的来源不同,因为春红薯到初夏已经分杈拖秧,在较强壮的红薯秧上剪一截作为苗,随即栽上浇水封土即可。红薯属粗放型管理作物,它不怕风雨,耐干旱,生长期内适逢高温多雨的夏季,非常适宜红薯生长。这中间要及时除草,适时翻秧,避免红薯秧扎根消耗地力,只留一个主根并保证其吸收到充足的营养,这样才能有好的产量。

最苦最累的还是收红薯的时候。深秋时节,夜长昼短、积温减少、天气变凉,红薯已停止生长,这时春红薯和夏红薯都要开始收了。由于红薯是高产作物,所以生产队每收一块地里的红薯,一家都要分得百十斤或者几百斤。鲜红薯好吃但不易贮存,特别是在收和分的过程中,都程度不同地碰破了红薯皮,又加之深秋之后,气温越来越低,所以红薯很容易霉变坏掉。这时每家都要往地窖里存放一部分红薯,但存入地窖也不能从根本上解决霉变腐烂的危险,只是相对安全一些。其余的红薯少部分加工提取出红薯粉面,制成了粉条,剩下的大部分红薯都要被加工成薯干,因为红薯干晒干后便可经年存放。鲜红薯加工成薯干的过程是非常麻烦的,最笨的办法是拿住红薯用刀一片一片地切,这样又慢又累,并且切出的薯干厚薄不均,后来有聪明人发明了切薯片的工具,才提高了劳动效率。这种工具在当地叫"推子",是将一条状木板的一头掏个手掌一样长的洞,然后将刀具安放在洞口上,刀具的两端固定在木板上即可。切薯干时把"推子"放在长条凳子上,人坐在"推子"的另一头,拿着红薯往"推子"的刀具上每推一下就出来一片薯干,这样坚持用力反复地推,一个个红薯就变成了一片片红薯干。鲜薯干加工出来,湿度很大,是不能存放的,必须趁着晴天马上把薯干运到地里或者山岗上撒开,摞在一起的还要一片一片地摆开。若是晴天,深秋的天气也得三四天才能晒干,若是碰到阴天下雨可就麻烦了,只要有雨,不管什么时候,哪怕是半夜正在熟睡也要立即起床去收薯干。白天还好办一些,晚上就得拿着手电筒、提着马灯冒雨把薯干一片一片地捡回来,天一放晴,还要立即到外面撒开,辛苦的程度可想而知。如果天不放晴,雨淋的薯干放在家里一两天就要霉变,霉变的薯干连猪狗都不吃,只有扔掉,这种情况是农家很心疼很不愿看到的。实际上,年年岁岁,秋雨连绵的日子是不少的,庄户人家要在风雨中夺粮,在风雨中挣碗饭吃真是不易啊。回顾收红薯的全过程,每一个红薯、每一片薯干被农家人摸了几遍、拿了几回是无法统计也无法说清的。这里面的艰辛,非亲力亲为是无论如何也想象不到的。

深秋之后,红薯已经收完,小麦也已种了,这时候就进入了一年当中最长的一段农闲时间。由于地窖里的红薯不能长期存放,烂掉一个就是一种浪费,所以乡亲们的饮食就要以红薯为主。在故乡,红薯有多种吃法,蒸红薯、煮红薯、烧红薯、烤红薯都很好吃。红薯干煮熟吃或熬粥时放几片味道也很好,不过红薯干最多的时候还是加工成面粉,吃的时候和其他面粉掺在一起做成馒头、面条之类的食物,在那峥嵘岁月里真是"红薯汤、红薯馍,离了红薯不能活"啊。

红薯干

红薯的味道原本是香甜的、鲜美的,营养也是丰富的、优质的,但一日三餐顿顿吃红薯,时间一长,好味道就会越吃越淡,甚至会产生味觉逆反。不过变换着花样做红薯饭,另外再辅之些杂粮,这样的饮食还是可以接受的,毕竟是"饿了香饱了臭"嘛。当一个人饥肠辘辘之时,吃什么饭不香?现在从城市到乡村,温饱早已不成问题,吃饭讲究营养,穿衣讲究高档也成了现实。偶有亲朋好友在一起聚餐,见到红薯,我总要抢先拿几块吃几口,那味道依然清香、依然甜美,那味道轻而易举地就把我带回了故乡,带回了那个年代,它使酸甜苦辣骤然涌向心头……说到底,红薯的味道还是家的味道、家乡水土的味道。因为红薯是故乡的符号,是故乡的记忆,红薯好吃,香甜绵软;红薯好看,像红衣少女;红薯好德,置身泥土,藏而不露。红薯承载着故

· 85 ·

乡的历史，记录着一段乡愁，刻录下了故乡人挥汗如雨的耕作场面和劳累时的呻吟、丰收时的欢笑。忘记了红薯就是忘记了故乡，就是忘记了故乡的亲人，也是一种情感的背叛。如果一个人在饥饿时得到了别人施舍的食物，肯定是不能忘记的，而故乡的红薯养育了我们，伴随我们度过了那个年代，这不仅是我们而且是我们的子孙都不应该忘记的。但我也在餐桌上听到过这样的声音"红薯跟我有仇"，"唉，我看见红薯就烦了"。说实话，我每每听到这些，心中就涌动着苦涩，脸上就显现出鄙夷，真想说："人怎么能忘本呢？"是的，鸡鸭鱼肉、山珍海味在某种程度上可能比红薯更诱人，但红薯自有红薯的美味和营养，且不说食物的多样化对身体健康的益处，单就说这多年来和红薯所建立的情感怎么就能一下割舍呢？从小到大、从乡下到城市，红薯已经融入了我们的血液，长入了我们的肌肉，我们和红薯已经结下不解之缘，这是不可否认的事实。

如今，我们已经远离了故乡，远离了那个年代，在城市生活的觥筹交错中享用着这样那样的美味。但是我们的餐饮中还是应当加入一些红薯和杂粮，这除了人体的需要之外，更重要的是能让我们时时记着故乡，反思那个年代，瞻望光辉的未来，共铸我们伟大民族复兴的中国梦。

（原载于2014年11月15日《光明日报》）

# 母亲的唠叨

母亲不是一个啰嗦的人,但对子女她却是一个爱唠叨的人。

在我小的时候,母亲的唠叨是温柔的。那个时候,可能是母亲认为我还不懂事,怕我记不住、不明白她要表达的意思,对我唠叨时总是和缓的、轻轻的、不厌其烦的。"要记住,小孩子不能骂人,不能说假话。"我点点头回应着,表示知道了、记着了,这是我刚记事的时候,听到的来自母亲的最早的唠叨。又过了两年,到了该入学的年龄,母亲给我换了新衣服,做了新书包,在送我去村办小学路上,扯着我的小手一遍又一遍地嘱咐我:"到了学校,要尊重老师,团结同学,热爱劳动,好好学习。"当时我觉得母亲懂得很多,她的话一定是对的,在以后多年的学校生活中我真的没有忘记她的这些唠叨。母亲说她小的时候因为家里穷,没有读过书,现在我有机会上学了,一定要我把书读好。下午放学回家,母亲见到我常问的一句话就是:"今天老师布置的作业完成了吗?"我如果回答完成了,她很高兴,如果说没完成,她晚上就不让我出去找小伙伴玩,那时我家住的村庄还没用上电,她就给我收拾好桌子,点上油灯,拿来书包看着我做作业,虽然她不识字,没有能力指导我,但她总是搬个小凳子坐在我身边,以这种方式看着我,陪伴着我,监督着我。这时的母亲停止了唠叨,她是文静的、耐心的,灯光下她的身影是瘦长的。不管晚上作业做完与否,只要母亲认为我该睡觉了,就站起来对我说:"作业不做了,小孩子瞌睡多,睡不好明天咋上学?"我说:"妈,作业还没做完呢。""该睡觉了,该睡觉了!"就这样妈妈又唠叨了起来,我怏怏不乐地把本、笔放进书包,慢慢地我在母亲的一声声唠叨中入梦。现在想来,其实母亲并不是不关心儿子的学习,而是更关心儿子的身体,更关心儿子的健康,更关心儿子的成长。多少个寒来暑往,多少个做作业的夜晚,母亲用她亲手点亮的油灯照亮了我的书本,照亮了我学习的路,也照亮了我幼小的心灵。油灯虽然熏黑了我的鼻孔,熏黑了我的脸庞,但帮我养成了在灯光下读书学习的习惯。油灯微弱的光亮也慢慢地模糊了母亲的视力,映出了母亲面部的皱纹,催生了母亲的白发。油灯点燃的哪里是油啊,那分明是母亲的心血啊!

在我长大后,母亲的唠叨是温暖的。我长高了,长大了,要到外地求学了,临走的时候母亲几次拉着我的手,有些依依不舍,是啊,儿是娘的心头肉,儿行千里母担忧啊,那时记得母亲唠叨最多的几句话就是:"记着按时去吃饭,凉菜凉饭不要吃,不注意会生病的","晚上不要熬夜,要按时睡觉,你睡相不好,睡觉好踢蹬,天凉要盖好被子"。离家确使我心生丝丝凉意,但这时来自母亲的声声唠叨,使我心生暖意,我看着她的眼神,看着她的表情,仔细听着她的叮咛,认真记着要义,只觉得心里热乎乎的。说真的,在外求学的日日夜夜,我始终把母亲的唠叨记在心头,想家的时候,唠叨就是家的味道;想妈的时候,唠叨就是妈妈的声音;失意的时候,唠叨就是妈妈的微笑;寒冷的时候,唠叨就是来自妈妈的温暖。在外地学习的时光是短暂的,毕业之后,在我成为一名国家干部,在要奔赴工作岗位的时候,母亲的唠叨又应时而来:"记着咱是农民出身,啥时候也不要在老百姓面前摆干部的架子","在单位要听领导的话,尽心尽力干好自己的工作,公家的东西一分一毫也不能贪占"。妈妈没有文化,讲不出大道理,但她的唠叨、朴实的语言,又何尝不是大道理啊。从参加工作的那天起,我从未敢忘记母亲的唠叨,是母亲的唠叨伴随我做人,伴随我做事,伴随我成长。在公私利益纠葛的时候,母亲的唠叨是分界线;在工作任务和外在压力面前,母亲的唠叨是我直立不倒的千斤顶;在有时清醒有时醉的滚滚红尘之中,母亲的唠叨是敲击我神经的暮鼓晨钟。

在我中年的时候,母亲的唠叨是凄凉的。人到中年,承担着单位、家庭和社会的责任,时常感到精神疲惫,身心俱累,时间分配上在单位和小家庭多了一些,回老家看望父母少了一些。说实在的,这不是一个时间分配不妥的问题,而是对父母缺乏孝心的表现,所以每次回去看望老人我都带着深深的愧疚,着实有一种负罪的感觉。自己人到中年,母亲已经夕阳西下,老态龙钟,语无伦次了,老年的母亲每次见到我回去,唠叨的最多的一句话就是:"你就恁忙? 都忙啥?""你就恁忙? 都忙啥?"我默默地重复着妈妈的唠叨,又像是在反问自己。"妈,都忙些公家的事。"妈妈没有反应,就像没有听见我的回答一样,她依旧在说"你就恁忙……"是的,妈妈不需要回答,这分明是一句责备的话,而不是一句必须回答的话。当我说都忙些公家的事的时候,自己也觉得有些真又有些假,有些虚又有些实,有些欺人又有些自欺,记得河南内乡县衙有副楹联:欺人如欺天毋自欺也,负民即负国何忍负之。若真的是欺人如欺天,那欺骗自己的老娘又当何论?"欺人如欺天"我不是"如欺天"而是"已欺天",古人讲孝道有"跪天地,跪父母"之说,在子女面前父母就是乾坤,就是天地,霎时间我背负欺天之罪,有了罪孽深重之感,古人以孝治天下,今人依旧提倡孝老敬老,作为公职人员,自当知书达理,行为世范,想到这里我不禁低头无语,默默地听老母亲唠叨,默默地忏悔,默默地为妈妈祈祷,只盼她老人家有生之年能多一点幸福,少一点凄苦。古人云,养儿养女防备老,而妈妈已老,她生养的儿女却不在身边,虽有衣食之供,却少天伦之乐,身体有病,活动而行为受限,言语哀怨,唠叨而儿女遥不可闻,这般老人苦,实为儿女过。我这时只望能听到母亲更多的责备,甚至责骂,这样我心里或许会好受一点。在母亲晚年,有一次我回去看她,在陪着她坐了些时间之后,我说:"妈,我该走了。"她没有反对,只是看着我默默不语,等我刚走出家门几步,她就喊着我的乳名,叫我拐回来,我又回到她身边,想继续听她唠叨些什么,但她只是拉着我的手,什么也不说了。是呀,母亲抚养儿女长大,已经耗尽了她毕生的心血,就像小时候照亮我做作业的那盏油灯一样已经油尽灯枯了,她没有力气再对儿女唠叨了,但是此处无声胜有声,于无声处有大爱。现在我要以无尽的思念对母亲说,在子女面前您是最有资格唠叨的人,有唠叨的母亲是幸运的,有母亲的唠叨是幸福的,唠叨是母亲的本能和天职,唠叨是这个世界上最美丽最动听的语言,唠叨是来自这个世界之外的天籁之音。记得有一首歌曲叫《父亲的草原母亲的河》,那就是说父爱像草原一样广阔,母亲的唠叨像小河一样淙淙流淌。母亲,您离开儿女已经几年了,几年来我再也没能听到您充满大爱的唠叨,妈妈倘若您天国有知,就请您带着您的唠叨走入我的梦中吧……

# 母亲的棉被

冬夜里盖着母亲做的棉被睡觉感到周身温暖,心里安然。这是因为母亲的棉被里不仅有厚厚的棉,而且有母亲深深的爱。

母亲的棉被带着故乡的记忆。童年的时候,在故乡过冬是一件很麻烦的事。那年头物质生活匮乏,贫穷的阴影笼罩在故乡人的心头,大人小孩儿穿的衣服基本上就是两大类:单衣和棉衣。毛衣毛裤市面上虽然有,但故乡人是不穿的,因为他们买不起。母亲是很勤快的,在秋收结束种罢小麦,她就开始为一家人拆洗被子,缝制棉衣了。由于要挣工分养家,白天还要参加生产队里的劳动,所以这些针线活就只好安排在晚上做了。衣被的原材料都是就地取材,我们村是产棉区,当时生产队种了不少棉花,到秋天棉花采摘结束,家家户户都能分得一些籽棉,籽棉要做成衣被,还需要几个环节的加工制作。籽棉晒干以后要先轧,轧棉就是脱去棉花中的棉籽,然后再弹,弹棉花是剔除棉花中的杂质,使棉花更柔和松软,弹了的棉花才可以套棉被棉衣。但由于没钱买布料,缝制衣被的布匹都是母亲自己纺线自己织的。这几个环节的活有较高的技术含量,也是漫长艰辛的体力劳动过程,我亲眼目睹了母亲含辛茹苦劳作的每一个环节,她的仔细、她的认真、她的艰难在我童年的心灵里留下了刻骨铭心的记忆。一个个漫长的寒夜,母亲坐在昏暗的煤油灯下,右手摇着纺车,左手拿着棉花捻在一根根地抽线,纺车嗡嗡响,线穗嗖嗖转,我默默坐在她身边,瞌睡了,她说:"快去睡觉吧,我再纺一个线穗就睡。"就这样,每年都是从秋后到冬天,她要纺十几斤甚至几十斤棉。纺成线织成布,套上厚厚的棉花,然后再由母亲穿针引线精心缝制。"慈母手中线,游子身上衣。临行密密缝,意恐迟迟归。"这是对母亲和母爱的生动写照。母亲做针线活是很讲究的,她的针线盒里有大针、中针和小针,还有顶针。由于棉被套得厚,用大针也很难穿透,母亲每每缝棉被都要在中指或无名指戴上顶针,顶针顾名思义就是顶着推动大针根部穿透衣被的。母亲由于常年风里来雨里去,一日三次做饭刷锅洗碗,所以一到冬季有的手指就冻裂了,她缝缝补补,手指屈伸起来疼痛难忍,戴上顶针手指就少费点力,这大概就是母亲戴顶针的缘故吧。我长大以后外出求学,带的都是母亲做的棉被。参加工作以后,母亲说:"你工资低,在外面能不买的东西就不用买了。"在我赴工作单位上班的时候,母亲就早早地给我包好了她亲手缝制的新棉被。后来我该成家了,母亲说:"你就要结婚了,家里也没啥主贵东西给你们,我用咱地里的棉花,我纺的线,我织的布给你们做了几床新被子,这是家里给你的新婚礼物。"母亲的话是平静的、慢慢的、轻轻的、淡淡的,但母亲的话又是朴实的、真诚的、温馨的。大音希声,大爱无疆,大德不言谢,大恩不言报。母亲,您的无私高尚,您对儿女无微不至的关爱,我会默默地永远记在心里。

  这些年我工作变换了一个又一个地方,几次搬家,一些陈旧的东西有的返家,有的送人,唯有母亲给我的棉被一直陪在我身边。母亲的棉被像故乡的黄土地一样厚重,母亲的棉被能够驱寒生暖,安魂定志。她温暖了我的身子,温暖了我的心灵,温暖了我的人生。母亲的棉被里有母亲的温度,母爱的味道,棉花的清香,故乡的信息。带着她,睹物思人,我就能看到母亲的白发,母亲的面容,母亲的纺车,还有那母亲冻裂的手指和她飞针走线时娴熟平静,自信从容的神态;带着她,就是带着了母爱,带着了母亲的祝福和叮咛;带着她,就是带着了清醒、淡定和安然入睡的保障。现在人们的生活水平提高了,市场里卖有多种被子,什么羽绒被、蚕丝被等,不一而足,应有尽有。但平心而论,还是母亲做的老棉被最价廉、最实用、最暖和。现实生活中,人们往往热衷于追求那些更新颖、更高档的东西,但当他们追求到手的时候,方才明白,这东西原来并不比自己曾经拥有的东西更好使、更实用。是的,母亲的棉被就是这样,不能用金钱来衡量其价值,也不能在市场买到,但她却具有至高的使用价值,因为她温暖了我们家一代又一代人,她不仅温暖了我们的肉体,而且温暖了我们的心灵。

母亲的老棉被啊,你就是母亲,就是故乡。

# 交 公 粮

对于现在的农民来说,交公粮已经成为历史,但在上一个世纪的农村,交公粮可是一件大事。参加工作之前,在农村生活,我和乡亲们一起交过公粮,感受过他们的爱国热情,目睹了交公粮的场面,也知道了乡亲们在交公粮的过程中的辛苦与委屈。

每年六月初,小麦业已收割完毕,接下来就是按照上级的安排抓紧整晒小麦,准备到乡镇所在地的粮管所去交公粮。交公粮自古有之,只是时代不同叫法不一,古代叫交皇粮国税,新中国成立后,在农村叫交公粮或交爱国粮,虽然说法不同,但内容基本是一样的。农民作为国家的一员,耕种国家的土地,给国家上交一定数量的公粮和税收是应该的,不过在此基础上乡政府和村民委员会还附加有统筹款和提留款,这些款项都是通过完成公粮任务折算现金的形式上缴的。尽管是这样,乡亲们交公粮的积极性还是很高的。交公粮要选择一个晴好的天气对粮食进行认真细致的整晒,粮食要一遍遍地过筛子,去除杂质和不完整颗粒,同时在如火的阳光下翻来覆去地暴晒。到了午饭之后,也就是天气最热,粮食晒得烫手的时候,家家户户都开始到场里收麦装袋。这时的城里人可能在午餐后正伸着懒腰,打着哈欠,拖着疲惫的身子准备上床午休。而乡亲们却正头顶着如火的烈日,脚踏着炙热的大地在麦场上慌慌张张地忙碌着。他们光着膀子,肩上搭一条破毛巾,喘着粗气,挥洒着力气和汗水,弄得灰头土脸也全然不顾。麦场边挑来的两桶井水已经晒得像温水一样,他们渴了搬着桶就喝,累了就站在那喘息一下。乡亲们知道眼下的苦与累实在算不了什么,这一天真正的挑战和考验还在后面。

　　粮食是用牛车、架子车或手扶拖拉机往粮管所拉的,那时的乡村通往乡镇机关所在地没有公路,只有狭窄坎坷和曲折的土路。手扶拖拉机、牛车在路上还好走一点,在大热天人拉着装有几百斤、甚至千把斤粮食的架子车跑几里或几十里这样的路可是真的不容易。遇到下坡或平路还好受一些,若是遇到上坡一两个人拉着架子车是无论如何也爬不上去的,这时乡亲们只好停下车来,帮助互相推车才能一车一车地过去。车好不容易拉到粮管所,这时的人体力已经是强弩之末,举目望去,远近乡村交公粮的车子已经在粮管所附近排起了长队,没有别的办法,只得一车挨一车地慢慢地等待。乡亲们焦急地张望着,疲惫、烦躁和提心吊胆的表情写在了每一个人的脸上。他们不知道天黑之前能不能验到自己的粮食,不知道自己的粮食能不能通过质检,不知道粮管所验质、过磅和监仓的人员会不会刁难。闷热、嘈杂、喧嚣和尘土飞扬的场面,使人们的情绪在起伏中躁动,又在躁动中起伏。人们用破毛巾擦着脸上和身上的汗水,把劣质烟卷或旱烟袋叼在嘴上,口中不时发出吧嗒吧嗒的声响。老黄牛不时发出哞哞的叫声,小毛驴也烦躁得踢蹬了起来。场面愈加热闹和无序,远远听到排在前面的人已经和粮管所的人交上火了,他们埋怨验得太严,验得太慢,埋怨粮管所上班的人少,磅秤太少,也埋怨他们工作态度和服务态度不够好。乡亲们跟在交粮的车队后面缓缓地前进,日头快要落山的时候终于轮到了他们,质检员腋下夹个本子,手里拿个一尺多长的铁钎子朝乡亲们的粮车走来。这钎子下头尖利,中间有一节凹槽,任何袋子都可以扎进去取出一把小麦,然后由质检员据此主观认定小麦的质量。质检员在乡亲们的车上用钎子扎破了不少粮袋,取出了一把又一把麦子,一会儿嘴嚼着麦粒,一会儿在手上摆弄着。最后的结论是:"这几袋还可以,那几袋干湿度还行,就是杂质大了一些,我看要么扣除杂质,要么你们到那边场里再筛筛!"乡亲们不太服气,压抑着火气,有的赔着笑脸递上早已准备好的过滤嘴香烟,有的凑到跟前说着好话,还有个别直性子的说:"我这粮袋都是新的,你这不由分说上来都给我扎破了,回去我还得一针一线的缝缝补补,我解开袋子你再验就不行吗?"质检员说:"不行,那样耽误时间!""那扎破了袋子,这粮你要是不要,拉回去在路上漏掉了算谁哩?"双方你一言我一语地争执了起来,说实在的,那时的质检员多数是临时工、合同工,他们中有些人工作水平和个人素质真的不敢恭维,上班时收关系粮、人情粮,下班后出去吃请的现象也时有发生。乡亲们对这些情况也时有耳闻,并说:"吸烟冒股气,吃饭管一会儿。"以此来嘲讽这些不正之风。所以他们对质检的公正性表示怀疑甚至不服气都是有原因的。争执的结果是乡亲们做了让步,他们对质检员说:"扣杂的事你就看着办吧,反正别让我再把粮食拉回去就行。"过了质检关之后,又要过过磅关,因为过磅那里也要排队,所以乡亲们又等了一会儿才过完磅。最后是乡亲们在监仓人员的指挥下,踏着一块又窄又长的木板,扛着一袋袋小麦走向大仓深处。交完公粮他们如释重负,折腾了一天劳累了一天,他们觉得值得。至于小麦定的什么等级,扣了多少杂质,他们真的没有在意。他们在意的是公粮是否能够交上,国家的公粮任务是否能够完成。他们很知足,认为比起那些没有交上公粮又原车拉回去的人已经够幸运的了。

  离开故乡已经多年了,那交售爱国粮的场面也离我越来越远了,但这些年来每每忆起此事,我就被乡亲们朴实真诚的爱国情怀、交公粮的热情感染着、感动着。我那勤劳善良的乡亲,忠诚无私的乡亲,他们是我的骄傲。

# 故乡春耕

故乡和故乡的各项农事活动都在我年少时美好的记忆里。过罢春节,故乡人都要休息一段时间,这段时间他们吃得好,歇得也滋润。随着春风送暖,地温升高,惊蛰时节就到了,故乡人在布谷鸟的叫声里开始从过年的氛围中走出来,至此,故乡的春耕就拉开序幕了。

有的人说:"庄稼活不用学,人家咋着咱咋着。"实际上这话是不对的,因为好多农活都有一定的"技术含量"。就春耕而言,也有不少套路和技巧。庄稼人说:"种地不上粪,等于瞎胡混。"春耕之前,地里要先施足底肥,施肥就是施农家肥和化肥,农家肥肥效低而缓,化肥肥效高而快,所以故乡人家家户户都是要买化肥的,别看乡亲们平时省吃俭用,但种地都舍得投入。农家肥要先施,其方法是靠车拉、肩挑、人抬,一点一点地从一家一户和生产队的牛圈、猪圈、驴圈里把农家肥运到地里,然后再用铁锨把它散开散匀。而化肥易于挥发,只能在犁地时临时施用。接下来,犁地还需把握时机,如果墒情太过,土地又湿又黏,自然不能下犁,只能等风干一段时间再说。若是土地干旱板结,想犁也犁不动,只得等雨等好的墒情。犁地在那个年代多以牛犁为主,只要时节一到,墒情合适,犁地是要起早贪黑持续进行的。农家说春争日夏争时,春争日的要义是指庄稼在春天早几天和晚几天播种,将来的长势和收成是不一样的。所以春耕要突出一个"争"字,乡亲们在田野里奔走的身影、挥汗如雨的劳动和面朝黄土背朝天的喘息便是对"争"字最好的诠释。在整个春耕过程中,牛把式和耕

耕耘

牛是扮演主角的。每天拂晓,牛把式就喂饱了耕牛,然后就背着犁子、赶着耕牛来到了田间地头。刚犁出来的条状泥土尚有一定的水分和黏性,晾上一天半天就要把这条状泥块耙碎,如果不耙,风刮日晒时间过长,新翻的泥土就会干透形成大坷垃。若是刚犁出来的泥土没来得及耙就遇到了降雨,那可就麻烦了,天晴以后,雨淋的土块会变得像铁疙瘩一样结实。这种现象在故乡叫"浇壤头",这种被称为"浇壤头"的土块用镢头都难以砸碎,它会影响春耕的质量,也会给春播留下隐患。故乡人说"浇壤头,顶人牛,翻套马,河不流"是属于"四大难整",所以土地犁出来稍作停顿就得进入下一道程序——耙地。耙地就是把有可能形成坷垃的大块泥土耙碎、把新翻的土壤耙平,把土地打理得上虚下实、松散面和,为播种打下好的基础。故乡人打理土地是从来也不惜气力的,他们认为"地没赖地,戏没赖戏",关键看你怎么料理。那些有经验的牛把式常说:土地是有灵性的,人哄地地哄人,人哄地一时,地哄人一年。所以,年年春耕乡亲们都会把几个环节的活儿做得深入、细致、扎实。

乡亲们就是这样世世代代在这片土地上劳作、繁衍、生息。他们敬畏这片土地,信仰这片土地,守望这片土地,奉献这片土地。在这片土地上,他们不曾有战天斗地的豪情,却有着脚踏实地追逐梦想和希望的执着;在这片土地上,他们默默地挥洒着心血和汗水,从不言败,从不放弃;在这片土地上,他们描绘着绿色的图画,进行着白色的革命,谱写着金色的乐章。在无始无终的春耕、夏耘、秋收的轮回中,他们迎来希望,送走岁月。故乡人,生,管护着、打理着这片土地,是这片土地的主人;死,入土为安、融入大地,是这片土地的鬼魂,在无限的时空里和这片土地一起化为永恒。

农事活动必须环环相扣。春耕整地一结束,接踵而来的就是春播。春播也是有好多讲究的,喜水的红薯、玉米、高粱、油菜要种在低洼易涝的土地,怕涝的芝麻、棉花、烟叶要种在便于排水的高地,花生要种在便于收获的岗坡上的沙壤地……春播时节,因为有多种农作物都要不失时机地播种,所以人畜都是很忙的,可以说人不分男女老少,畜不分牛驴骡马,地不分东西南北都有分工、都有活干、都有安排。牛把式把长鞭甩得"叭叭"作响,牲畜抖起精神、鼓足劲头在地里奔走,人们把汗珠和种子一起播入泥土,田野如意地接受着两条腿和四条腿动物的亲吻。春风和畅,暖意融融,春雨霏霏,如雾如梦。泥土里生发着阳气,生发着清香,生发着希望;空气中弥漫着淡淡的汗味和牲畜身上特有的臊味;新来的小燕子在田野上面飞来飞去,她在寻找着害虫,配合着春播;小孩子在田地里,你追我赶,嬉闹玩耍,这场景在高明的画家笔下肯定是一幅美好的春天耕播图画。春播几天后,种子就会在泥土里生根、发芽、长出幼苗,故乡人会像护理自己的孩子一样细心地管护好每一株禾苗,抚育它们茁壮成长、开花结果。

春耕春播是非常辛苦的,但故乡人心里却是十分舒坦的。毕竟耕者有其田是一种满足,在春风春雨里耕播是全年的希望所在,等待丰收是一件快事。

(原载于2015年4月17日《检察日报》)

# 青青故乡柳

　　故乡柳是我的"发小",我年少时许多美好的记忆、许多快乐的时光,都是和故乡柳紧密联系在一起的。

　　故乡是一个被青山环抱、绿水缠绕的小村庄,那里河渠纵横,坑塘密布。近水之处栽的最多的就是柳树,柳树喜水易栽,插枝就活,既能保持水土又可美化环境。在我童年的记忆里,村边村外岸柳成行,河塘水碧。夏季一到,青藤绕舍,绿树成荫,蝉鸣鸟叫,歌声悠扬。池塘里莲花静静地开放,青蛙在荷叶上跳舞,鹅鸭在欢快地嬉戏,那环境之和谐、之美丽、之诱人是城里人无论如何也想象不到的。生产队要召开什么会议,中午人们吃饭,或是外面来了说书的、卖唱的,都会不约而同地来到这林边的柳荫下。于是,这里便成了夏天村里最热闹的地方。这场子因柳而兴,因柳而聚,因柳而令人难忘。那时生产队里开会虽然不议什么军国大事,但说的也都是关系到每家每户核心利益的事情,如粮食的分配、宅场的划分,等等,这些都是村里人非常关注的事项。开会由生产队长召集并主持,每户都要来一个当家的,队长说完每人都要发表意见,议论一阵子,争吵一阵子,最后把多数人的意见作为定案的意见,问题就算解决了,会议就结束了。至于中午人们来吃饭的情况,虽然没有开会热闹,但也很有情趣。男人们光着膀子,肩上搭一条毛巾,穿一双拖鞋,左手端一个大碗或小盆,右手拿一两个馒头,慢悠悠朝柳树下走来。有的席地而坐,有的坐在小石板上,忘了拿筷子的起身折一段柳枝就当筷子用了。他们的饭菜虽然品种单调,不上档次,但毕竟是饱了臭饿了香,所以吃得都有

滋有味的。村上人聚在一起聊天也是很有意思的,他们从天气的变化,谈到庄稼的长势,又讲到牲畜的价格,从村里的事情扯到镇上的变化,又讲到国家的形势。大家你一言我一语,不管对错,只管大嘴往外说,吃饱了,凉快了还不愿回去,直到忽然有谁家的女人高声喊着该刷锅洗碗了,才开始起身回家。这池塘边的柳林和乡亲们生活在同一方水土,它一年四季、寒来暑往一动也不动地站在那里,她和着故乡人的心跳和脉动,和故乡人同甘苦、共患难、心连心。它见证了故乡人生活的苦辣酸甜和顽强的生存意志,见证了村庄的发展变化,也见证了故乡人的苦乐年华。真是柳树无声,柳枝有情,柳条有韵啊。

青青故乡柳

如果说故乡人和柳树的情谊是近距离的,那我和柳树的情谊则是零距离的。我一次次地和小伙伴们攀爬在它的身上,和它面对面、心贴心、手拉手。柳枝表面光滑,且绵软而富有弹性,爬在树上,脚踩着粗枝,手抓着枝杈,那种爬高上低、登高望远、俯视村庄的感觉,还是很刺激的。爬树也是小伙伴之间一种胆量和能力的比试。一起玩耍的时候,如果有人说咱上树吧,你迟迟不动,或者说不敢上、不会上之类的话,是要被同伴们笑话的。那时候不仅是一次次地爬树,而且还在树上做游戏,甚至连捉迷藏之类的游戏也在树上干过,庆幸的是没有失过手,没有发生过安全事故,若是从柳树上掉下来可能就没命了。这些事情也是瞒着家人的,要是被父母发现,最轻也得是一顿臭骂。说实在的,那时也不是爬树的能力和技巧有多强,大部分时候是虚荣心作祟,也是壮着胆子、硬着头皮干的,现在想来还真有几分后怕。这就是我的童年,农村孩子的童年,在那样的年头,在那样穷乡僻壤的地方,不像现在城里的孩子有书可读,有幼儿园、学前班和这班那班可上,有父母或爷奶之类的亲人陪伴,农村的孩子是棵草啊,他不在大自然里摔打折腾是不现实的。这也是一种历练,一种丰富多彩的人生吧。

故乡柳还有很高的实用价值。随便折一枝细细的柳枝,用力拧一拧,拧得柳皮和柳枝分离,然后抽出柳枝,柳皮就是一个小圆筒,用大拇指指甲在一头掐一下,就可以吹响。这种简单的柳笛在故乡大人小孩都会做,吹起来就像葫芦丝一样好听。在苦涩的童年里,没有什么玩具,能有柳笛可吹,也算是一种享受了。柳条还可以编织筐篓和工艺品,村上一些能工巧匠在劳动之余编织的柳制品,一直销售到镇上和县城。这都是绿色环保的产品,比塑料制品价格低廉,安全耐用。村里的大姑娘提一个新编的柳筐赶集上店、下地劳动会显得清新自然、淳朴美丽。

柳树有着旺盛的生命力。在落叶的树木中,它是最早报春的使者,在寒秋初冬也是耐得住霜雪,不轻易凋零的树种。她顽强的生存能力、她的婀娜多姿、她的奉献精神,令人喜爱、令人尊重。"今宵酒醒何处?杨柳岸,晓风残月。"柳永把最纯真最美好的情感都寄予了柳树。杨昌浚诗云:"大将筹边尚未还,湖湘子弟满天山。新栽杨柳三千里,引得春风渡玉关。"既抒发了平定叛乱、稳定一方的豪气,也为柳树唱了赞歌。柳树在西北干旱少雨的大漠高原尚能成活,那还有什么地方不能生存呢?故乡柳啊,你的性格就是我们民族的性格,你的精神就是我们的民族精神。

# 山野菊韵

　　山野菊叫山菊花，也叫野菊花。她远离城市，远离喧嚣和繁华，她以小草为伴，与修竹为伍，在花中她不是贵族，没有桂花香，没有茶花艳，但是她却以特有的气质引起了我的关注，赢得了我的尊重。

　　山野菊宁静淡雅。山野是宁静的，宁静得只有风声雨声和虫鸣鸟叫；山野是空旷的，空旷得望不到边际，只有野草、林木和流泉；山野是贫瘠的，贫瘠得只有岩石、沙粒和浅薄的黄土。就是在这样的环境里，山野菊顽强地生长着。她生在山岗薄地、高山峡谷、岩石缝隙、灌木丛中、河边路旁，她静静地生，静静地死，没有人关注她，没有人关心她，也没有人观赏她。她不会哗众取宠，不会锦上添花，在春天里百花竞相开放的时候，她悄无声息地躲在山旮旯里，以平和的心态，过着平静的日子。她只做雪中送炭的事情，在秋风乍起、黄叶飘落、万木萧疏的时候，她悄然开放，迎风挺立，给秋带来了深沉的绿和淡雅的花。她不张扬，不献媚，也没想过招蜂

山菊

引蝶,黄巢诗云:"飒飒西风满院栽,蕊寒香冷蝶难来。"就是对她最好的写照。李清照诗云:"莫道不消魂,帘卷西风,人比黄花瘦。"我看实际上是黄花比人瘦,因为土地的贫瘠、风雨的摧残,她不可能开出丰满的花朵。面对凛冽的寒风,她着霞衣,饮玉露,披霜雪,傲立寒秋。她的生命历程饱经沧桑,充满劫难,在她幼小的时候,也没有人为她锄草,为她施肥,为她治虫,她完全是依靠自身的力量顽强地生长,顽强地开花。她就像坚强的山里人一样顽强地坚守着,顽强地劳作着,顽强地生生不息。她的精神不正是我们伟大的民族精神吗?看着她的风姿,闻着她的清香,品着她的韵味,你会感受到这种精神。同时你也会感受到宁静致远、淡泊明志的意境。有道是山深愈幽,水深愈静。万物的至高境界皆是静,唯有静才能排遣浮躁,排除杂念,才能不受纷繁世相的干扰,才能理性地看待发展变化的事物,聆听到心灵深处的声音,做到"不以物喜,不以己悲"。静是一种修养,一种气度,一种境界。山野无声是因为山野雄浑博大厚重,山野菊无声是因为山野菊摒弃了浮华和虚荣,只有淡淡悠长的清香。佛家讲,一花一世界,一叶一菩提。山野菊静静地阐释的正是自然界的厚道和花开的至高至美的境界。

　　山野菊有铮铮风骨。山野菊生于山野,恶劣的自然环境淬炼出了她侠客一样的性格,她像隐居山野修成了仙风道骨的高士,又像行走江湖的冷艳侠女。她漠视风霜,笑看红尘,孤芳自赏。百花丛中,她不是大家闺秀,也不是小家碧玉,她没有春花的温柔,也没有夏花的绚丽,她是开在萧瑟秋风里的凌霜傲雪之花,她的花有幽香、有气节、有骨感。看到山野菊你会想到大漠边关的冷月、金戈铁马的肃杀和戍边战士刀锋上的寒光。毛泽东主席"岁岁重阳,今又重阳,战地黄花分外香"的诗句里的黄花指的就是这开在山野的菊花。山野菊从古至今频繁地出现在伟人和大家的诗文里,足见其地位和风韵的不俗。我认为,山菊之骨关键在"野",在无垠的山野里,她立足岩石和贫瘠的土地,以腐叶和雨露为食,吸纳着日月精华、天地灵气。她敢于和大山对话,对涧流低语,在与山水的互动中她注入了生存的动力,领悟了生命的真谛。寒暑易节,风霜雪雨,一次次的摇曳舒展了她的筋骨，一次次的击打铸就了她的身体，一次次的挑战她当成机遇，一次次的屠戮她化险为夷。她对抗着野草的挤压、灌木的遮盖，以坚韧的力量拓展着生存的空间。她敢于以小搏大，以弱斗强，并在一次次的斗争中赢得最后的胜利。她在山野中养成的这种不可驯服的性格是她可贵的野性美。她看不起养在公园、温室和花盆里的同类，她拒绝摆布、拒绝装扮、拒绝玩弄。有人赞美大漠的胡杨，说它千年不死，死了千年不倒，倒下千年不腐，其实山野菊和高大的胡杨相比一点也不逊色。因为她也有宁折不弯、宁死不倒的品格。在她身上我们看到的是蓬勃朝气、昂扬锐气、浩然正气和清廉之气、高洁之气，而这不正是我们的时代所推崇和需要的吗？

山野菊诠释人生。山野菊的生命过程是人生的缩影，人这一生要经历天真无邪的少年时代、激情燃烧的青春年华、深沉练达的中年时期和淡定从容的晚年时光。人在年少时要认真学习、刻苦钻研，选好方向，砥砺意志，努力学好自食其力的本领、养家糊口的本领、服务人民的本领，为人生打下好的基础。青年时精力充沛，有胆有识，要敢想敢干，敢闯敢试，要不怕付出，不怕失败，奋力拼搏、积极进取，争取早日打拼出一片小天地。中年时有了青少年时的学习和实践，对过去有了清醒的认知，头脑变得冷静，心态归于平和，对事物的认识更加理性，已经到了传统意义上的不惑之年，知道了进与退，有所为有所不为的道理，人生的事业也取得了一些成就。到了晚年，在人生的旅途上经过风雨，见过彩虹，已经看惯了人生中的花开花落，适应了人情冷暖，世态炎凉，达到了宠辱不惊的境界。这个时期要坦荡从容，宽人为怀，不愠不火，调养好身体，发挥好余热，给家庭少添负担。同时，还要注意陶冶高尚的性情，培养清廉的操守，不管遇到什么环境、什么气候都能像山野菊那样绽放出芬芳的生命之花。

# 倾听春雨

思念着、呼唤着,春雨迈着轻盈的步子向故乡走来,向田野走来,向农家的心田走来。由于春雨与农事有着紧密的联系,所以故乡人对春雨情有独钟,并有着深刻的认知和领悟,而倾听便是故乡人诠释春雨的独特方式。

倾听春雨是一种责任。一个有责任心的农民首先想到的是把土地种好,给国家贡献优质的粮食,然后是养家糊口,奉献社会。要做到这些并不容易。这需要人努力,又需要天帮忙。而倾听春雨就是了解自然、顺应自然、改造自然、利用自然的可贵探索,是对种田的热爱和夺丰收的自信,也是对家国责任的担当。回望历史,我们的民族从来就不缺乏有担当的人。"风声雨声读书声声声入耳",是东林党人对国事家事天下事的担当;"夜阑卧听风吹雨,铁马冰河入梦来",是陆游对国家兴亡的担当。有了担当就有了勇气和办法,就有了光明与希望。故乡人说"地没赖地,戏没赖戏",说的是主观努力的重要。唱戏的说"戏比天大",说的是责

春雨中的池塘

任心的重要。人们常说"民以食为天",说的是种田和吃饭的重要。这些平实的语言里充满了担当和责任。而家乡人倾听春雨,不误农时,干好农事,既是履职尽责,又是为国分忧,也是在干最基础、最伟大的事业。

倾听春雨是一种领悟。春雨是特立独行的,她往往是在田野最渴望的时节布施甘霖。她静静地来,悄悄地去,不久停,不扰人。她不借风的气势,不假雷的声威,不像夏雨热烈奔放、酣畅淋漓,也不像秋雨连绵不断、阴冷潮湿。春雨是人性化的,柔和而富有理智。春雨是有色彩的,绿色和明媚之色是她的主基调。春雨好看,色彩斑斓;春雨动听,天籁之音。倾听春雨是故乡人的情结,因为春雨飘落和着故乡人的心跳,春雨里蕴含着故乡人生命的元素。带着农耕的情结、历史的记忆和对美好生活的向往,故乡人听到春雨从远古走来。从春雨的脚步声里,故乡人听到了古老华夏帝国所创造的农耕文明的辉煌;从春雨由高空飘落的节拍里,故乡人仿佛听到了来自九天的声音!春雨作为九天的使者,凝聚着天地正气,日月精华。她要洗刷华夏民族近代的百年耻辱,浇筑民族复兴的中国梦;她要涤荡尘埃与污秽,恩赐高洁与吉祥;她要扫除陈腐与流弊,播种和谐和希望;她要净化雾霾与瘴气,冲刷出世界的清明与善良。作为故乡的儿子,在每一个春雨蒙蒙的日子,我都听到了故乡人在田野奔走的脚步和劳累时的呻吟。"衙斋卧听萧萧竹,疑是民间疾苦声",作为封建士大夫的郑板桥尚且有这样的情怀,我们在春雨沾衣的时候是否该有更多的领悟?

倾听春雨是一种喜悦。春雨对于农家是喜讯、是福音、是财富。一场透墒的春雨可以使各项农事活动依照时节逐次展开。待到春耕春播结束,故乡人会如释重负,因为夏秋的丰收有了指望,这时的喜悦发自内心,也写在脸上。带着这种心境,故乡人倾听春雨,听到的是春雨温婉的微笑和浅吟低唱,听到的是春雨身后丰收的脚步。在春天的各项农事活动结束后,按照当地的传统习惯,故乡人会在阴历三月初三之前张罗着组织大型庙会。办庙会一是祈求神灵保佑,二是娱乐休息。庙会以寺庙附近的空旷山岗为场地,至少请来大戏三台,还有歌舞团、马戏团若干前来助兴。赶庙会的人近则从几里几十里外而来,远的从上百里外或者更远处而来。有些有心计的农家还会趁机请没过门的媳妇到家小住,以拉近感情。会场上三台大戏不分昼夜对着唱,赢得对唱的剧团,主办方还要颁发丰厚的奖励。男女演员尽心卖力,高音缭绕、回声激荡。戏台下人头攒动,掌声阵阵;戏台外商贾云集,叫卖不绝。从早到晚,几万人聚集的山岗成了欢乐的海洋。这场景没有亲历者是无论如何也想象不到的。

倾听春雨是一种境界。佛家的最高境界是无我,道家的最高境界是成仙,儒家的最高境界是成圣贤。而故乡人倾听春雨的境界也达到了极致。在春雨霏霏的日子里,故乡人不是待在家里,而是来到田野,用双脚亲吻回春的土地,把种子、汗水和希望一起播入春天的田园。头发淋湿了,衣服淋湿了,甚至全身都淋湿了,也全然不顾。他们就是这样用心、用身子乃至生命的全部,零距离地倾听春雨,倾听春雨的真谛。他们用身子和春雨交流,用灵魂和春雨对话。故乡人说一滴春雨就是一粒粮食,春雨飘香,春雨里有盘中餐;春雨如丝,丝丝金贵,春雨织出金缕衣。故乡人还深切地感受到春雨有温度,春雨和春风一起用自己温润柔软的身子融解了冰封的大地,春雨暖暖,沾衣不湿杏花雨,这杏花雨落在身上,暖在心里;春雨有深度,柔而不烈、润物无声,她细细地渗入泥土,浸润深厚的土地,滋养植物发达的根系;春雨有信息度,春雨里有花香、有绿意,有硕果累累和平安吉祥的讯息。

是啊,从古到今,春雨就是这样泽被乡亲。春雨如蜜,故乡人喝到嘴里,甜在心中。一代代故乡人在春雨中长大,又在春雨中老去,春雨已经渗入他们的血液,成为他们生命的要素。故乡人正沐浴着时代的春雨,走在田野、走在山岗、走向远方。

# 山风浩荡

　　故乡新年的第一场风带着生机从山野走来,它翻过山岭,跨过涧水,幻化成飘逸的身姿,迈着轻盈的舞步,然后,急促地走进田园,走进山村,走进故乡人的心里。

　　山风是春的信使。它唤醒了沉寂的土地,温暖了沉睡的万物,融化了残雪与冰碴,于是河流唱起欢歌,湖泊荡起涟漪,鸟儿乘风归来,小草穿上绿衣,百花舒展笑颜。人们也从冬日的寒冷和郁闷中走出,他们张开臂膀迎接着山风吹拂,张大嘴巴呼吸着山风的清新之气,脱去厚衣感受着山风的暖意。田野挣脱了隆冬的桎梏,赤裸裸地接受着山风的抚慰,冰雪折磨的疼痛在山风中平复,野蛮践踏的创伤在山风中痊愈,死寂的田野又有了生命的信息,冰冷的泥土变成了充满希望的土地。山村在山风中散发着春天的信息,老人牵手孩童在村中张望,大黄狗在老人身边摇头摆尾,老公鸡领着鸡群到村外觅食,似曾相识的小燕子又回到了她熟悉的、生儿育女的家园,她时而在村中绕舍,时而在村外低飞,她在为筑巢选址,在忙碌地传递着春的消息。喜鹊在枝头高叫,她在嘲笑小燕子,她说小燕子是温室中的小鸟,只见得鸟语花香,却见不得冰天雪地,只能在低处寻觅,不敢在高空搏击,风雪来时你已经逃逸千里万里。山岗上,树枝在山风中尖叫,野花在山风中含蕾,大地在人们感觉里留下微微的暖、丝丝的凉、淡淡的黄、浅浅的绿。泥土里正蓄聚着生命的能量,散发着生命的信息,萌动着生命的力量,这力量来自居高临下的山风,来自沧桑岁月的积累,来自旷野底层的隐隐涌动。这力量由近及远、由低到高、由弱到强、在弥漫、在升腾,在壮大,这是源源不断的、喷薄欲出的力量,是无数生命汇集的春的力量。天地运转,天体运行,春终于乘着山野的风向我们浩浩荡荡地走来了。

山风具有除旧布新的气魄。透过岁月的年轮,我们可以看到山风具有穿越时空的力量,扫荡大地的豪气。山风蓄之九天,起自山野,在一次次改朝换代的刀光剑影中,山风从山野走来,它怒吼着,呼啸着,披着风雨,裹着雷电,把腐朽没落的王朝葬送在汪洋大海,山风以扭转乾坤的大手推动了历史车轮滚滚前进,历史的星空因山风而明亮,因山风而多彩。在中华民族被"三座大山"压迫的苦难岁月,在中国人民处在水深火热的时代,山风在罗霄山涌动,在井冈山汇集,"星星之火,可以燎原",井冈山风助星星之火熊熊燃烧,风助火威,火乘风势,山风在烈焰中发出惊天的怒号,井冈山风冲向原野,冲过江河,冲向山村,冲进城市,山风过处,农民又获得了土地,工人获得解放,工农举起了欢呼的双手,举起火红的旗帜,举起镰刀斧头,形成了势不可挡的历史洪流。"三座大山"在它的冲击下轰然倒塌,吃人的旧世界被它埋葬,人民当家做主的新中国在人民的簇拥下,在山风的声声呼唤中诞生了。山风是新生的力量,是希望的力量,是奋发向上的力量,是历史进步的力量,一切历史的沉渣都将被他清除,一切腐败的躯壳都将被他埋葬,一切不合时宜的观念都将被他吹去;山风代表天地的意志,要布施创新的阳光雨露,要营造创新的环境,要播种创新的种子,要催生创新的红花和硕果,要助推创新的大船乘风破浪,扬帆远航。

山风具有荡涤尘埃的力量。故乡的空气是新鲜的,故乡的天空是明净的,故乡的草木是清丽的,这都是山风的功劳。山风肩负着寰宇的使命,高扬着惩腐的利剑,呼喊出正义的声音,它把洒脱、阳刚、愤怒交织在一起,以历史的惯性和人民的意志形成摧枯拉朽的力量。山风注定要吹散乌云迷雾,吹走枯叶腐草,吹去陈规陋习,万物将在山风中舒展生长,人们将在山风中获得爽快与惬意。"忽如一夜春风来,千树万树梨花开"这绽放的"梨花"不就是山风给人间的礼物吗?这些年我远离了故乡,也远离了故乡的山风,城市生活的富足和贫乏、方便和困顿、热切和冷漠、喧嚣与宁静、欢乐和郁闷交织在一起,工作的紧张、竞争的压力、人性的冷漠像影子一样挥之不去,豪车、摩托车、小三轮、电动车的冲撞使人不安,林立的高楼使人压抑,霓虹灯的忽闪使人迷离。我听见了商贩在菜市场叫卖,我看见了农民工在建筑工地挥汗如雨,我看见雾霾在空中张扬,我看见花草在雾霾中摇曳,此时此刻,我的心正在城市和故乡之间游动。当下我更思念故乡,更思念故乡那夹杂着山花和草木清香的山风。故乡的山风啊,你是九天的意志,你是黄钟大吕般的乐曲,你是美妙的天籁之音,你有荡涤雾霾的力量,你有宜人的凉爽和快意。呼唤你,故乡的山风,请你走下高山,掠过原野,驰入城市,吹进我的心海。

# 野草冬韵

　　北风呼啸,雪花飘飘,江河冰封,天寒地冻。天空中涌动着乌云,大地上滚动着寒流,冬,给大自然带来了严寒和萧杀。在这个季节里,许多动植物选择了逃避和屈服,但是在无垠的旷野,在高高的山岗还有一望无际的野草像挺拔的松柏一样纹丝不动地坚守着自己的岗位。野草卑微弱小、默默无闻,但是它是植物王国里的斗士,它用行动诠释了忠诚与勇气,展示了气节和风韵。

　　野草冬韵,韵在野草凌风傲雪。冬天是四季当中最冷的季节。在这个季节里,寒风、霜冻、冰雪轮番袭击着原野、村庄、城镇。在这样的气候里,就连大自然之主的人类都减少了户外活动,穿上了御寒的冬装,生起了取暖的火苗,用上了驱寒的空调。弱小的动物在严寒到来之前都早早地蛰伏到了泥土深处,开始了漫长的冬眠。许多阔叶的树木先后被寒风摇落了叶片,剩下的光秃秃的枝杈已经失去了春夏时节的生机与活力,在一阵紧似一阵的冷风里发出嗖嗖的悲凄声,好像在诉说着萧疏与无奈。但是野草在冬天里,在风霜和冰雪面前却表现出来特有的沉稳、冷静、坚强和大气。严冬只能改变它的颜色,却不能改变它的形状,它顺应着自然与时俱进,在褪去了生命的绿色之后,换上了大地母亲的色彩。它把根扎入冰冻的泥土,茎和叶仍然以原有的形状横卧,树立在那里。寒风吹来,只能摇曳它的身子,却不能吹走它的茎叶;冰雪覆盖,它不惧严寒和压力,待到太阳出来它依旧能够伸展不屈的肢体,冰封的土地冻得像石块一样坚硬,但再寒再冷也冻不坏它细小的根系。面对"千里冰封,万里雪飘",野草凌寒风,饮玉露,披霜雪,着霞衣傲立寒冬;面对灌木的挤压和排斥,它奋力生长拓展着生存的空间,一次次化腐朽为神奇;面对贫瘠的土地和岩石缝隙,它深深地扎根、深深地吸取。在自然界里野草是最普通、最常见、最平凡的物种,它随处可见却被人们熟视无睹,它被人踩在脚下而不思为何物,在飘雪的季节里,人们常想起的是苍松翠柏的伟岸和高洁,而很少有人能想到野草的坚忍和力量。是的,野草不够高大和结实,但却有着足够的顽强和定力,野草不算稀有和珍贵,但在普通之中却不失可贵与高尚。实际上野草就是我们的芸芸众生,就是我们伟大的人民。野草虽微,但折射出的却是我们伟大民族的精神和风骨,在它身上我们看到的是生生不息的意志和力量,看到的是与艰苦环境的抗争和迎接春天的希望,看到的是蓬勃朝气、昂扬锐气和浩然正气。

　　野草冬韵,韵在野草团结共生。野草是团结的,他们一棵棵、一团团、一片片生长在一起,簇拥在一起。和煦的春风里他们一起萌动,一起生长,一起歌舞;夏天的风雨里,他们手拉手、肩并肩亲密地站立;严冬的冰雪里,他们相拥取暖,不离不弃,根紧握在地下,共同吸收来自大地母亲的营养,共同积蓄着能量,共同经受着考验和洗礼。有道是"轻霜冻死单根草,狂风难毁万木林"。就是仰仗着这种团结,他们一次次度过了劫难。人们踩踏之后,它们从容地站起,牲畜吃过之后它们又迅速长起,野火焚烧之后它们又在春风中焕发出更加旺盛的生机。我们像野草一样的人民千百年来就是依靠着团结,才一次次"踏平坎坷成大道",一次次"斗罢艰险又出发"。他们曾一起在山野里奔波,一起狩猎,一起分享,一起战胜自然灾害,一起迎来生存的希望;为了反抗残酷的压迫,他们又一次次揭竿而起,迎来曙光;为了抵御外来侵略,他们又一次次担当起家国责任,义无反顾地走向杀敌救亡的战场,多少忠勇的战士,多少优秀的儿女以血肉之躯筑起了我们新的长城。他们高扬着正义,满怀着豪情,以生命的代价战胜了侵略,捍卫了国家和民族的尊严。而当下,在神州大地,中华儿女空前团结,他们正向着实现我们伟大民族复兴的中国梦的目标豪迈地前进。

野草冬韵,韵在野草善接地气。野草的生命力来自于野草接地气,每一棵野草都有发达的根系,它须根众多,柔韧有力,无论在松软的泥土,还是在贫瘠的土地,甚至在岩石缝隙中,只要有泥土,只要有沙粒,它都能扎进去、钻进去,把一点一滴的营养输送到身上的每一个部位。野草和泥土为了生存,你离不开我,我也离不开你。泥土是野草的生命之基、养分之源,离开了泥土,野草的生命就会枯竭。野草是泥土的忠诚卫士,泥土离开了野草就失去了屏障,失去了衣装,失去了尊严,就会流离失所。野草和泥土结合在一起,它们就有了战胜灾害的力量和底气。春天里,野草为大地披上了绿装,大地展现出了生机和美丽;夏天里,丰茂的野草为土地挡着风、遮着雨;金秋时节,野草也抹上了成熟的色彩,它使大地愈加厚重和壮美;冬天里,大地是野草的温床,野草是土地的棉被,有了床和被在寒冬里它们就有了温暖,有了温情,有了生命,有了希望。一年四季,野草都在不失时机地吸纳着日月精华、天地灵气和人间大爱,它与大地共荣共生,和广宇和谐相处,在地空天的共融中潜滋暗长,生命不息。

# 品　粥

　　童年在故乡,粮食不算宽裕,生活有些拮据,依靠粗茶淡饭填饱肚子。几十年过去了,回忆起来,最爱吃的饭还是母亲熬的粥。那粥的味道让我常常忆起,历久难忘。

粥

　　粥的味道是故乡的味道。粥是那个年代最常见的家常饭,这不是因为家家户户的人都爱喝粥,而是熬粥比较节省粮食。一顿饭配有杂面馒头、红薯、自己腌制的咸菜,而炒菜基本是没有的,如果能炒一个青菜,那已经算比较奢侈了。吃了主食、咸菜,再喝一两碗粥就算吃饱了。但这种吃法,故乡人说是"软饱",所谓"软饱",就是饭不耐饥,一顿饭后,劳动起来或活动一下,解两次小便,一两个小时光景,肚子就咕噜咕噜叫起来,大脑又发出了饥饿的信号,在地里干活的劳动力能忍受饥饿的就坚持到收工再回家吃饭,忍不了的就放下手中的活计,回到家中厨房找一两个蒸熟的凉红薯狼吞虎咽地吃下去,以解燃眉之急。饥饿来得快,因为粥里没有什么内容,熬得又稀又淡,那时粥的品种比较单调,主要是红薯面粥、红薯块粥、红薯干粥、玉米糁粥、野菜粥之类的。毕竟是物质决定精神、客观决定主观,巧妇难为无米之炊啊。饮食不给力,结构不合理,但人们都吃得有滋有味,在田野里劳动的人、在学校里读书的人还真的不缺精神,这也印证了意志力的重要。民以食为天,吃饭是天地之间最大的事情,后来农村实行了联产承包责任制,解决了温饱问题,完成了前无古人、功德无量的事业。乡亲们过上了殷实富足的日子,小楼、瓦房取代了茅屋草舍,柏油路、水泥路覆盖了坎坷泥泞的乡间小道,袅袅升起的炊烟里散发出了阵阵诱人的香味,但是我们还应该记着那喝粥的岁月、粥道的变迁、清粥的滋味。我们是在清粥的滋养中长大的,那红薯粥、杂粮粥、野菜粥甜中有苦、苦中有甜的味道让人砺志、催人振作,使人能找到卧薪尝胆的感觉。真是碗小天地大,粥中岁月长,浅浅的一碗稀粥,映照着日月乾坤,回望着逝去的年华,沉淀着历史的记忆,蕴含着酸甜苦辣啊!

  粥的味道是家的味道。粥既可以解渴又可以止饿,渴了可以当饮料,饿了可以当饭吃,粥应是居家必备之品。同时粥也是上好的药膳,小米粥助眠益智,绿豆粥清热去火,山药粥健脾养胃,莲子粥养心安神,大枣粥益气补血……这些粥调理身体,在某些方面并不比吃药逊色。现在生活水平提高了,家里的粥种类多了,粥里的内容也丰富了,什么八宝粥、瘦肉粥、荷包蛋粥等等应有尽有,但平心而论,我最爱喝的还是传统的清淡些的粥。一锅清粥配两个青菜或咸菜,摆在餐桌上喜闻乐见、赏心悦目、易于消化、老少皆宜。再蒸些米饭,放几个馒头,一家三两代人长幼有序围坐在一起有吃有喝、轻松愉快、暖意融融、尽是天伦之乐。那大鱼大肉、飞禽走兽、山珍海味逢年过节和改善生活时吃点就行了,平时有粥类的家常饭吃就好,这既是节俭的要求,也是养生的需要。毕竟味香易腻,色艳近妖,香艳的东西吃多了对身体并无裨益。因为我们的祖先在数万年的进化过程中,基本上都是过着饥寒交迫的生活,这种生活方式对身体进化的影响是潜移默化的,这种影响决定了我们身体各种器官的机理和功能,决定了人体生命系统的密码和属性。背离了这些,身体是不能适应的。

过日子的事还是细水长流为好。家的内容其实并不复杂,现在社会给家绑缚的东西太多,譬如住,并不需要洋房别墅,《天仙配》里七仙女说:"寒窑虽破能避风雨。"仙女下凡尚且如此,我们还能住什么?有一小套房子,无论新旧,只要能住下几口之家即可,"广厦千间,夜卧八尺;良田万顷,日食三餐"。房子大了空荡荡的,不聚人气,又不好打理,有什么好处?只要心中有爱,就是在冬天,房间也是温暖的;只要心中敞亮,就是不开灯房间也是亮堂的。行,不需要奔驰宝马,自行车代步既环保又安全也时尚。吃,还是喝粥,吃粗茶淡饭最好,最能持续。家庭成员不论工资多少、地位高低、能力大小,只要身体健康、精神愉快、情操高尚,那么这个家就很有味道,很有形象,很有前途。

粥的味道是人生的味道。粥中有多种味道,对应着多味的人生。在这多种味道中,我以其清和淡二味为贵,因为清和淡二味养身心、安神志,养道德操守,养天地正气。清,寓意清醒、清廉、清正、清白,为人做到了清,就能在滚滚红尘中不失清醒与方向;在工作与人情中不失原则与良知;在觥筹交错中不失自我与定力;在威胁与利诱面前不失正气与廉洁。为人要做到淡,淡化名利,淡看自我,有一颗平静平常之心,在眼花缭乱的世相前彰显出定力。现实生活中往往是先淡而后定,不淡不定将在人生的舞台上输得干干净净。所以人一定要先调整好心态,若心态不正、摇摆不定、朝秦暮楚,甚至好高骛远、张扬狂妄,终将误入歧途。只有淡泊宁静,才能守正致远。多一分恬淡,多一分真实,多一分定力,就多一分福祉。这对于做人做事和健康也是有益的。人生苦短,一定要快乐地把握好当下,快乐地工作,快乐地生活,快乐地奉献社会。一个人的能力有大小,要承认这种差异,对自己一定要实事求是,量力而行,事可为时要努力追求,尽力而为,不可为时,不要勉强别人,也不要为难自己,永远不要追逐那些海市蜃楼般的浮华之物,不要为名利所累,背上沉重的甩不掉的包袱。要以高远的眼光,达观的心态看待发展的事物和纷繁的社会。

　　人生五味杂陈,甜的时候要想到酸,苦的时候要不怕苦,辣的时候要不怕辣。面对人生的各种味道,要以喝粥的态度,吞得进、嚼得碎、咽得下、品出味,倘如此,我们必将迎来出彩的人生。

# 品　　酒

　　酒,在中国的传统文化里历来是个有争议的东西,好酒者说酒能成事,味美而回味无穷;恶酒者言其容易坏事,有毒而害人匪浅。实际上,酒从来就具有多种属性,酒中的滋味绝不是一个小小的酒杯所能容得下的。

　　酒的味道是朋友的味道。老友相聚,炒几个小菜,喝几杯小酒,便于沟通交流,便于深化友谊。席间,谈一谈家乡的沧桑变化,说一说同学们的发展情况,讲一讲战友们在军营里的生活,道一道官场上的所见所闻,不管言语对不对,语调高与低,只管眉飞色舞地往外说,哪怕菜渣粘在了唇上,唾沫溅到了脸上也全然不顾。当然,酒档高低、菜好菜赖、菜多菜少都是无所谓的。只要是酒,只要含有足够的酒精,能够刺激感官,兴奋神经就行了。至于菜,是烧鸡卤肉算好,是花生米萝卜块也行,反正只要身体无恙,有饮酒的喜好和工夫,那酒就要喝个痛快。为了下酒,可花言巧语相劝,也可猜拳行令助兴,大庭广众之下,失去了高雅,忘记了健康,忽略了风度也不在乎。最后,只要酒喝好了,话说完了,心情表达了就行了,而在酒场里都说了些什么,过后都一笑了之,一风吹跑。但有一条是要记住的,那就是这次你让我喝多,下次我得让你喝醉,这叫越喝越亲,越喝越厚。

　　酒的味道是浪漫的味道。欢乐时刻,小酌几杯,确实可以起到调动情绪,锦上添花的作用。现在社会竞争加剧,人们的压力增大,难得有一会儿闲适和宁静,也难得一时的欢愉与轻松。家中有升职、升学之喜,或来了尊贵的客人,或闷闷不乐地怀疑自己有病,结果一查一切正常……这都是难得的喜事,就餐之时,怎么能不饮几杯呢?这时的酒闻到就沁人心脾,含在嘴里,品出的是如意,咽到肚里,舒坦的是全身。恰当的饮酒是对压力的排遣、快乐的张扬、情感的宣泄。"劝君更尽一杯酒,西出阳关无故人"喝出的是豪迈,"莫愁前路无知己,天下谁人不识君"喝出的是自信,"开轩面场圃,把酒话桑麻"喝出的是乡情,"烹牛宰羊且为乐,会须一饮三百杯"喝出的是大气,"白日放歌须纵酒,青春作伴好还乡"喝出的是家国情怀。可以看出,中国有不少历史文化名人都是知名的饮者,酒舒张着他们的情绪,记录着他们的苦乐,甚至影响了他们的人生。在我国五千多年的历史进程中,酒还参与和演绎了一些重要的历史事件,曹操刘备"煮酒论英雄"、赵匡胤"杯酒释兵权"……不管酒在这些事件中扮演了什么角色,发挥了什么作用,但酒使那远去的历史更神秘、更多彩、更难忘却是不争的事实。

  酒的味道是苦涩的味道。饭局中,酒过三巡,菜过五味之后,我们可以看出人们饮酒后发生的微妙变化。有的人平静如常,若无其事,好像没沾酒一样;有的人喜形于色,妙语连珠,好像被酒激发了灵感;有的人大话频出,狂语不断,时有伤人,好像骤然间有了什么能耐和资本;有的人胡言乱语,好高骛远,不知所云,真让人觉得有"两个黄鹂鸣翠柳,一行白鹭上青天"之感。酒缓缓地注入,慢慢地检验着人们的酒量,检验着人们的本性和素质,检验着人与人之间先天和后天的差异,它使人们原形毕露。诸葛亮在谈到用人的时候有"醉之以酒而观其性"之说,讲的就是看人要在其酒醉之后,因为人在醉酒后德行和性情会被一览无余,自然能给选拔任用干部提供一定的参考。在我们的文化当中,光是带酒字的贬义词和习惯说法就有很多,如"酒囊饭袋""酒肉朋友""酒色之徒"等等。古今中外,饮酒误事的例子也不胜枚举,酒还是少喝为宜。切记,豪饮之时,一定要多一份深沉,多一份含蓄,多一份理性。另外,酒饮过量之后,还有乱性之嫌,有的人刚有微醉之态就开始对异性评头论足,津津乐道于一个接一个的黄段子,那味道已经超出了小酒本身。毋庸讳言,有时也有个别女性酒后迷失自我、混淆性别的现象,她们坐在那里,摇头晃脑,打情骂俏,走起路来,如风摆杨柳,后果自然是贻笑大方,悔之不及。纪律和道德告诉我们在觥筹交错中,一定要不失理性与定力;在滚滚红尘中,一定要不失清醒与方向;在糖衣炮弹面前,一定要不失操守和良知。否则,不管喝什么样的酒,那味道也是苦涩的。

　　酒的味道是人生的味道。酒入口时,苦辣燎人,咽下后,香郁绵柔,再后来,香消味淡。酒的这种味觉对应着人生的不同阶段。人在年轻时,需要励志、需要苦读、需要历练,待掌握了知识和本领之后,还需要抢抓机遇,努力打拼,建功立业。这就像饮酒时苦辣的感觉。到了中年,厚积薄发,而立之年立得起,不惑之年真不惑,这时的人生渐入佳境,创造了

故乡陈酿

辉煌,达到了前所未有的高度,恰如饮酒时感觉到了香味。人生晚年,已经从鲜花掌声和轰轰烈烈的氛围中淡出,要面对现实、适应转变、淡看名利、淡看炎凉、淡看生死。该记着的记着,该忘记的忘记,坚守一份淡泊和宁静,守正致远。要以高远的眼光、达观的心态看待发展变化的事物和社会万象,不慕浮华,不找麻烦,养好身体,安享晚年。这正像酒的苦味、辣味和香味过后的那种淡淡的味道。实际上,苦、辣、香三味持续太久,人是耐受不了的,只有淡味最佳、最贵。淡可以养心、养身、养性,可以使人归于平常,归于平静,归于真实。留着了这种淡味就等于留着了恒久,留着了平安,留着了福祉。品酒之于人,是一种雅兴,一种忧伤,一种情调,一种沉思;人之于酒,好恶不同,阅历不同,层次不同,心境不同,感觉也大不相同。好酒者品的是香型、度数和年份,得意者品的是醇香,失意者品的是苦辣,沧桑者品

的是岁月,智慧者品的是人生。一个只为过瘾而喝酒的人品不出酒的真味,更品不出人生的真谛。其实人生如登山,都想到达光辉的顶点,但最终是如愿者寡,在山脚和山腰张望者众。但是,只要我们艰难跋涉了,披荆斩棘了,挥汗如雨了,不管人生的高度如何,都是多彩的人生。

# 品味乡情

虽然我已进城多年,但总觉得自己还是乡下人,因为言谈举止当中还带有乡下人的特征,身上留下了乡下人的烙印。忙碌之余,思乡的心绪时常袭来,这时如果能见一下故乡的亲人,看到故乡的田园,望一望故乡的山水,便是一种慰藉。但是,关山隔阻,天各一方,故乡终究是翘首难望。于是,故乡的容貌只能凭着当年的印象在回忆中寻找……

牧歌

我的故乡是在大别山与伏牛山之间一个被低山丘陵环抱着的小山村,小村背山面水,在山与水之间是一片片丰腴的田园。小村与其他乡下的村落本无大的区别,但小村的自然环境可不是一般村落能比的。

　　前些年,父母健在时,我逢年过节都要回家,那时回家最难忘的就是暖暖的乡情。不管是什么时候到家,村头的乡亲都会远远地迎上来问长问短,就连村里的家犬也三三两两地结伴跑来,它们闻着我的衣角,摇头摆尾,上蹿下跳,甚是亲切。几年前,父母相继过世,兄弟姐妹都已成家立业,再回去,感觉全变了,只觉得家中的老屋空荡荡的,好像家已不复存在,只有故乡才是牵挂,原来父母在才有家啊!

　　一个人没有家是难过的,没有故乡更是痛苦的。是父母给了我生命,是故乡给了我身体。故乡是我们的出发地,也是若干年后魂归的故里。到那时,我会在别人的帮助下重回故乡的怀抱,在空旷的山岗上占一席之地,堆一个土包,守望着故乡,守望着故乡的山水,守望着故乡的亲人,在无限的时空里与故乡一起化为永恒。

　　我每次回去都要出门走一走,从村后的山岗走到村前的小河,再走到小河两岸的田园,去寻找我童年劳动和玩耍的足迹。但遗憾的是现实的环境已不能再现童年的记忆,心中只觉得怅然若失,一股不可名状的苦涩涌到心头……

　　这些年,故乡的大批年轻人进城务工,小村变得少了人气,有的人家逢年过节也不再回来,家里已经锁门,院子里长满了荒草;有的人家无奈留下老人和小孩,老人们带着孙子,看着门子,守着园子,等待着子女归来。白天,你会看到不时有几位老人在村中晃来晃去,东张西望,晚上会从村头和小村深处不时传来几声狗叫,这时你会觉得愈发孤寂,只有老人、孩子和狗见证着小村的存在。

　　近年,小村确实发生了可喜的变化,最直观的是住房,过去的草房先是换成了瓦房,后来又改建成平房、楼房,有的人家还到县城和附近城市买了房子。家家户户都买了彩电,一家至少有一到两部手机,逢年过节打工返乡的村民,有的开着轿车,有的骑着摩托,这成了小村亮丽的风景。打工的乡亲不仅从外面带回了财富,而且也带回了开放的思想、创业的意识。不少未婚的小伙还从外面领回了俊俏的媳妇,当然也有故乡的姑娘远嫁他乡,去寻找属于自己的幸福。变化促进了小村的开放,促进了小村与外部世界的联系和交流,促进了小村的发展和向城市的靠近,同时也使小村在某些方面与"自我"渐行渐远……楼房虽好,但在山区其实未必是家家户户都适用。比着搞土建工程,盲目地采石、挖沙、取土,掠夺性地开发利用资源,在一定程度上会造成生态环境的破坏,这既不符合乡村建设的实际,也不符合建设美丽乡村的要求。那草屋土墙冬暖夏凉,青砖灰瓦的瓦房造价低廉,古朴大方,古今适用。在山区,农户大多都养有牲畜,四条腿的东西是赶不到楼上的。在改造房屋的同时,若能从实际出发,保留几间草屋、瓦舍未尝不是风景。城市是钢筋水泥的丛林,小村建设应展现自己的特色,量力而行。当年诸葛亮住茅庐,躬耕南阳,照样赢来了刘备三顾,关键是你有没有内在的东西。建筑学家说,只有民族的才是世界的,建筑风格的多样化才是美的。小村在蜕变的过程中能够守着自己的传统,不丢自己的灵魂才是最重要的。青山绿水在,故乡自然美。那"绿树村边合,青山郭外斜"的生态是小村永远的风景,那"开轩面场圃,把酒话桑麻"的生活状态是小村最美的乡情!

　　祖先选择这个山环水抱的地方安居肯定有他的道理。可能是出于对风水的考虑,也可能是出于对环境美学的考虑,不管如何,这都是无可厚非的。所谓风水,实际上是我们的祖先千百年来顺应自然,改造自然,利用自然的经验总结。靠山面水,左龙右虎,既是上好的风水格局,也是优美的居住环境。但环境一旦被破坏,故乡将不再宜居,同时也有悖于祖先的初衷,我们就成了不孝的子孙。但愿乡亲们能守住环保的底线,守住我们的文化,传承着我们的血脉。

　　游子对故乡的感情是刻骨铭心的。我十几岁孤身一人负笈他乡,在人生的旅途上艰难跋涉,用一双在故乡泥土亲吻中长大的脚板走过了沼泽和泥泞,多少次"踏平坎坷成大道",又多少次"斗罢艰险又出发"。一次次工作和生活的压力像石头一样砸来,我没有逃避,选择了承受,淡定从容地承受,这是因为我这不算伟岸的身躯是用故乡的泥土和石头铸就,是故乡给了我力量和勇气。在人生的赛场上,乡亲是啦啦队;在人生的冬天里,乡情是一把火;在失眠的暗夜里,乡音是轻音乐。

　　而现在,我再回到故乡只觉得两手空空,周身疲惫。我没有什么能奉献给故乡,这使我既尴尬又惭愧。当初那个背负行囊,怀揣梦想走出乡关的我,已经变得满脸沧桑、面目全非。当年的万丈豪情也变得像漏气的汽车轮胎越来越瘪,只有对故乡的情像着火的山林越烧越旺。这份情是在外漂泊多年的游子对母亲最原始、最朴实、最纯真的情;这份情是一碗烈酒,我一喝就醉;这份情是一锅清粥,我闻到就沁入心脾;这份情是一杯浓茶,我越品越香!

(原载于2014年6月4日《中国艺术报》)

# 白开水的味道

小时候在农村生活,饿了吃粗茶淡饭,渴了喝凉水、白开水,久而久之已经适应了这种生活方式。后来有了茶叶,浸泡之后喝起来有些苦涩,其他一些解渴的饮品喝起来也觉得口味太重。总之,是享用起来不太习惯,只觉得还是白开水最简单、最实用。有人可能会说你这是穷习惯、臭讲究,其实真的是萝卜白菜各有所爱。习惯和讲究本无优劣之分,要是硬分个三六九等或是正误也不一定恰当,终归是以适合自己为好。

白开水的味道是家的味道。上个世纪的农村在实行家庭联产承包责任制之前还比较贫穷。农家不仅缺粮食,而且还缺柴烧,开水瓶也不是每家都有。家里人如果渴了,天气暖和的时候,为了节约柴火就喝凉水,天气冷的时候才烧点开水。如果家里来了客人,一般都喝白开水,因为凉水是不能待客的。这白开水有时还要放点红糖,美其名曰"茶叶"。尊贵的客人来了,不仅要烧开水,还要打几个荷包蛋,再放些红糖。这尊贵的客人多半是指公社、大队的干部,亲戚中的长辈,媒人或者是没过门的媳妇、女婿等。对尊贵的客人来说也是有讲究的,红糖水可以喝完,荷包蛋要剩三两个才好,如果吃完了就会被人家嘲笑。

其实那个时候的农家真的没有把喝水的问题当成什么事,他们最关心的是吃饭的问题。当时一家几口人若是能下地干活的劳动力多,挣得工分多,家里负担轻,夏秋两季收成好的时候就能多分一些粮食,一年的口粮就基本有了保障;若是家里老人、小孩多,劳动力少,粮食就自然分得少一些,到来年青黄不接的时候,可能就有缺粮断炊的危险。在这种情况下,他们只有抓大放小,把解决吃饭的问题当成了硬任务,把解决喝水的问题当成了软指标。好在那时的水质基本没受污染,不经过处理的井水可能都达到了饮用水的标准。记得那时在田野干活的农民和在山岗上放牧牛羊的孩童,谁也没带水瓶水壶,渴了都喝山泉水、沙河水,也没听说谁因为喝水出现身体不适和影响健康的情况。我想农家人风里来雨里去,上山下地挥汗如雨地劳动,可能已经把水中的不洁之物排出了体外。他们子子孙孙繁衍生息,不停地劳作,已经适应了这种生活方式,毕竟是一方水土养一方人嘛。

白开水的味道是平淡的味道。白开水味道虽淡,但含有人体所需的多种矿物质和微量元素,与含有添加剂的五颜六色的饮品相比并不逊色,且就地取材,居家可备,老少皆宜,常饮无害。渴了喝一点

大碗家乡水

爽口解渴,闲了呷两口也颇有情趣。古人讲,君子之交淡如水,这淡如水的情谊比以酒肉为载体的交情要牢靠得多,食得酒肉之后,面红耳热之际,心绪不定,情绪跳跃,感性代替了理智,朋友之间有的大话既出,狂言不断,有的海誓山盟,信誓旦旦。但待酒劲一消,所言所誓已经忘去大半。而淡如水的君子之交,就贵在这个"淡"字,淡淡的味道使人平静、平和、清醒,淡定的态度使人理性、真实、持久。"淡"是

不附加任何条件,可能没有请托,也没有承诺,饮淡淡的水,说淡淡的话,舒解淡淡的心事,淡然面对发展变化的事物和社会万象,在淡淡的氛围中淡淡谈及志同道合的人甚至一生一世的事情,没有豪言壮语,需要的时候可以行侠仗义,共赴危难。从物质生活来讲,一个家庭不管穷富,饭菜还是清淡一点好,毕竟色重近艳,香浓易腻,脂肪和油盐摄入过多,反害无益。现代科学告诉我们,如果管不住嘴迈不开腿,每天都大鱼大肉、山珍海味,再加上养尊处优,懒得活动,时间长了身体是要出问题的。中医讲的三分饥和寒肯定是有道理的。因为人类在漫长的进化过程中,多数时候是在山野奔跑、狩猎,他们打着猎物就能吃顿饱饭,打不着猎物就要忍饥挨饿,绝大多数时候,他们的日子是在饥寒交迫中度过的。物竞天择,适者生存,我们的祖先之所以能够生生不息存活下来,就是因为在长期的进化过程中适应或基本适应了这种生活方式,身体各个器官接纳和适应了这种生活方式,如果背离了这种生活方式,在苦难生活中进化而来的身体肯定是吃不消的。所以,从养生和健康的角度,生活清淡一点才好。看来淡是一种需要,一种境界,也是一种考验。

　　白开水的味道是真实的味道。白开水来自大自然,是原汁原味的,它没有人为地添加任何东西,不会影响人们正常的视觉和味觉判断,所以白开水是最真实的,这种极其普通的东西所具有的这种属性在当下真是难能可贵了。现在除了白开水,其他饮品大都注入了现代生活的元素,让人喝起来不敢放心。在城里生活久了的人们都有回归自然、返璞归真的愿望。他们中有的人为接一桶山泉水,宁愿开车跑几十里路;有的为吃一顿农家饭,在节假日、星期天带着一家老小来到了山野,但吃了饭之后,因为饭店里商业气息太重,而产生上当受骗的感觉。农家饭的味道也不够纯正,因为那鸡蛋、西红柿之类的食材也是从城里买来的,那包装盒上还带有城里超市的标签,原生态的东西真的是太少了。其实只要心是原生态的,在家烧一壶开水,炒两个小菜,煮一锅清粥,热几个杂面馒头,蒸几碗米饭,一家人长幼有序,围桌而坐,细嚼慢咽,有说有笑,过简单真实的生活,享简单真实的亲情,便是简单真实的幸福。现代社会好多人悟不出这个道理,错把车水马龙、前呼后拥和鲜花掌声当成工作和生活的内容,要知道,这些东西只能代表一时一事,如果看不到这一点,当你失去它的时候,你就会感到失落和炎凉。须知轰轰烈烈过后的平平淡淡才是真实的生活,这种真实是平静、平淡和平常。留住了这种真实就是留住了真善美,留住了平安,留住了福祉,留住了恒久。

　　白开水的味道虽真,但也受心境的影响,得意者品的是甘甜,落魄者品的是苦涩,种田人品的是艰辛,沧桑者品的是人生,要想品出真味,那就让我们先做好真人吧。

# 桂花的品格

我住的小区院子不大，但绿化还好，除了花草和其他树木，光是桂树就种了十几棵。中秋时节，金风吹来，桂花次第开放，那阵阵的清香扑面而来，使人周身和肺腑都充满了她的香味。闻香寻花，我来到桂花树下，仔细观察，在厚厚的绿叶后面，我看到了那一朵朵刚刚绽开的小花。看着她的形状，品着她的味道，我驻足良久，心生颇多感慨。

桂花谦虚。她是花中的谦谦君子，含蓄而深沉，虽然身子弱小，但能量很大，不是亲眼看见，谁也不会想到这碎小的花儿竟能散发出这么浓郁的清香。而好多比她个儿大鲜艳丰满的花儿，即使你来到她的身旁，也不一定能闻到她的味道，让人感到华而不实，只是摆设。桂花还是花中的隐者，她隐于树，隐于城，隐于野。她没有华丽的外表，也没有张扬的媚态，更没有招蜂引蝶的想法。在花的王国里，她不是大家闺秀，也不是小家碧玉，她是朴实的讨人喜爱的清纯少女。在我们的社会里，人们推崇

丹桂飘香

那些做了好事隐名埋姓不求回报的人。而桂花把芬芳带给到人间，自己却像出浴的美人一样羞答答地藏在绿叶之后，这不正是我们所说的那种人吗？人们常说，花儿虽好，还要绿叶扶持。在桂花树上好像不是绿叶在扶持桂花，而是桂花在扶持绿叶，因为远一点望去，人们只能看到绿叶，而不能看见桂花。这种主配角的颠倒正好说明了她谦虚的美德。其实，只要我们留心观察，用心思考，自然界的好多现象都在诠释着朴素的哲理。一个人，在社会的海洋里只是沧海一粟，不管能力大小，任何时候都要把自己看得弱小一些，把我们的党、我们的国家、我们的人民看得至高至大。把党放在心中，把人民放在心中，把法放在心中，只有这样定位，才能不断地学习，不断地提高，不断地使自己强大，才能为党和人民奉献微薄的力量。如果定位不准，自视甚高，甚至好高骛远，目中无人，必然造成社会角色倒置，后果有可能误入歧途，走向反面，最终将被党和人民所唾弃。毛泽东主席说过：革命工作只有分工不同，没有高低贵贱之分，我们的同志无论职务高低，都是人民的勤务员。这既是领袖的谦虚，同时也明确了对党员干部的要求、干部和人民的关系。古圣先贤说："三人行必有吾师"，"知之为知之，不知为不知，是知也"。在学习上孔老夫子尚且如此，更何况我们呢？须知，在太阳的光照下，一切都是渺小的，这道理很简单，首先是太阳的形体不知要比地球大多少倍；再者，万物生长靠太阳，离开了太阳的光辉一切都是不可想象的。佛家讲："太阳光大，父母恩大，君子量大，小人气大。"这真乃至理也。

桂花务实。桂花分金桂、银桂、丹桂、月桂诸多品种，具有绿化、美化和香化的作用。桂花好吃，可以加工成食品，做成桂花糕、桂花粥、桂花糖等。桂花还可做成饮品，桂花茶清香扑鼻，芳香开胃，提神醒脑，饮之令人神清气爽。桂花酒祛湿散寒，通筋活络，被古人称作"长寿酒""幸福酒"。毛主席在《蝶恋花·答李淑一》词中有"问讯吴刚何所有，吴刚捧出桂花酒"之句，足以说明桂花酒的尊贵。桂花的花、果、根皆可入药，且药用价值颇高；另外桂花还可以加工成名贵的化妆品。我直观地感到桂花树好看，寒来暑往，一身绿装，四季常青；桂花好闻，香清而馨远，味美而悠长，闻之令人心旷神怡；桂花好听，古人科举高中,称蟾宫折桂,双桂同芳。因桂与贵同音,在民间有条件的人家都有栽植桂花树的习惯,这也折射出了劳动人民摆脱贫困、追求富贵的愿望。桂花好强,人们只知道桂花飘香的时节秋高气爽、气候宜人,有谁想到过她曾经以昂扬向上的力量抖落冰雪、融化严寒,她曾以青春的蓬勃生气战胜难耐的酷暑和风雨,她曾在百花开放的时候,不屑一顾于众花的嘲笑。桂花一路走来,一路艰辛,一路沧桑,终于在黄叶飘落的金秋开放了,她给萧疏的秋带来了深沉的绿和清纯的香。务实的桂花启迪我们做人要敢于担当,做事要不尚空谈,干工作要从大处着眼,从小处着手,要选定目标,咬定青山,积少成多,循序渐进,既要有"踏平坎坷成大道"的勇气,又要有"不到长城非好汉"的决心;既要立足本职、恪尽职守,当好"螺丝钉",又要登高望远,站位全局,奉献人民,向社会传递正能量。只有这样才能无愧于自己、无愧于时代。

　　桂花团结。桂花花形零碎细小,一朵小花的能量毕竟是弱小的,但桂花是团结的,他们一团团、一排排地簇拥在枝条上,像金色的小精灵一样发着光亮。花和叶也是团结的,厚厚的绿叶对称生长,互相牵手,像一把把撑开的绿伞,为花儿遮风挡雨。团结使她们由弱小变为强大,于是有了悠远的香和不凋的绿。我们的文化里历来讲团结的重要,"轻霜冻死单根草,狂风难毁万木林",一滴水只有放入大海才不会被蒸发,一个人只有融入单位、融入社会才能形成强大的集体力量。小到一个家,大到一个单位、一个国家,只有和谐相处,安定团结,才能兴旺发达。团结是一种需要,一种艺术,更是一种能力,我们只有经过勤奋地学习和工作,刻苦地磨砺和锻炼,才能提升这种能力。

# 秋水之韵

秋水从春夏走来,由春天的涓涓细流发展壮大为夏天的波涛汹涌、奔腾呼啸。秋水一路走来,一路欢歌,一路风尘,一路疲惫。在这个秋高气爽、云淡风轻的季节,秋水静静地躺在了山川的怀抱里,以高雅的情调、舒缓的动作、平和的心态和大自然融为一体。

秋水之韵,韵在平静安详。秋水波澜不兴,静静地流淌,她告别了轰轰烈烈、激越浩荡,归于宁静和淡泊。这恰如人生的几个阶段,年少时要砥砺意志,发奋苦读;青年时拥有了本领和技能,要出力流汗、努力拼搏;而到了中晚年,已经阅尽人间沧桑,有了属于自己的事业,便可安闲恬淡地生活。其实自然界的万事万物都有自然的法则和自身的发展规律,一弯秋水,看似无意,其实有情,并且富有哲理和禅意,只是人与生俱来习惯于在生命的旅途上慌慌张张、匆匆忙忙地赶路,而在劳累时,放缓脚步,俯视脚下或左顾右盼未尝不是好事,未尝没有风景。人生的道路从来就是坎坷的,须知男儿脚下有荆棘、有泥淖,有时还会有陷阱。如果两眼只盯着自己设定的目标,始终保持冲锋的速度、战斗的姿态,而不看清脚下的路,跬步之间可能就有隐忧。轻点说就是一个石子硌着脚也是要疼一阵子的。况且人毕竟不是机器,神经绷得太紧,各个器官都高速运转,年长日久肯定会出现问题。为单位工作、为家庭操劳、为社会奉献需要拼搏,也是幸福而光荣的事情。但拼搏应只在关键的节点上,而不能把拼搏视为常态。有道是"自古人生多坎坷,须要奋起几拼搏"。如果年年岁岁始终都在拼搏,有谁能受得了?又怎么能持续?老子说:人法地,地法天,天法道,道法自然。他告诉我们无论做什么事情都要敬畏自然,敬畏法则,尊重规律。否则轻者欲速则不达,重者则要跌跟头。相信科学,脚踏实地,循序渐进永远要比好高骛远高明。积跬步方可至千里,积累土方可成高台。从细微处着眼,从细小处做起,从小地方起步,尊重科学,提高素质,淬炼意志,持之以恒,厚积薄发方可成就事业。

秋水之韵,韵在清澈明丽。秋风白云,蓝天碧水,清流之下,沙粒可数,鱼虾可见,人们不经意间就可望穿秋水;秋风飒飒,秋水涟漪,波光粼粼,秋阳之下,浮光耀金,秋水具有明净绚丽之美。秋水对于人生有诸多借鉴意义,人在红尘之中,不管扮演什么角色,要想立身做人,建功立业,立于不败之地并非易事。歌者唱的"留一半清醒,留一半醉"是不够的,做人一定要对己清醒,对人清醒,对社会清醒,只有这样,才能拿捏好分寸,找准定位。利诱面前要清廉,威胁面前要清正,浮华面前要清白。而要做到这些,首先必须打好清醒这个基础,否则就是空谈。人生如流水,最终都将奔向大海。那波澜壮阔、奔腾咆哮、浪花激越的旅程固然酣畅淋漓、扬眉吐气,但未免泥沙俱下,夹杂混浊。同时水流湍急,如脱缰的野马横冲直闯,难免会冲垮堤坝,走失方向,酿成事故。清流虽缓,但淙淙流淌,不舍昼夜,持之以恒,照样可以越过怪石险滩,走向海洋。人生只有不夹杂、不妄想、不妄动才能更简单、更真实、更纯粹,才能轻松舒畅地工作和生活。人生都想开出美丽的花朵,但开花早晚和花儿的大小、跟花儿的香味并无必然的联系。春之花有的开得很早,开得很大,开得鲜艳,但大而臃肿的花只会招蜂引蝶,且并无芳香可言,只能在风雨中过早枯萎凋零。而秋之桂花虽然开得迟,开得碎小,但以其清丽的容颜、清香的味道备受世人称赞。柳永词中就有"三秋桂子,十里荷花"之句,可见这"三秋桂子"是可以与"十里荷花"相媲美的。

秋水之韵,韵在秋水如镜。在远古的时候,是没有镜子的,人们受水中望月的启示,便以清澈见底的泉水来显示自己的容颜,故有"以水为鉴"之说。当下讲"照镜子、正衣冠、洗洗澡、治治病"。我想秋水在这方面能给我们提供可贵的帮助,要想在镜子里面有一个令人满意的形象,就要在照镜子之前认真地洗一洗,洗掉脸上的灰尘和

秋水之韵

身上的污渍。洗脸不是为了擦油抹粉、化妆打扮,而是为了展现真实的面目。正衣冠就是正形象,还原一个端庄的自我,这需要从严锻造、历练自己,做老实人,说老实话,办老实事,做到慎初、慎微、慎独、慎权、慎终。要静得下心性,耐得了清贫,守得住底线。《大学》里讲:"知止而后有定,定而后能静,静而后能安,安而后能虑,虑而后能得。"山深愈幽,水深愈静,品高乃和,人生的至高境界是宁静和淡泊。沧海横流方显英雄本色,在难以按捺的物欲和喧嚣的生活里,谁能够守得住淡泊和宁静,谁就找到了生命的真谛,实现了生命的意义。

秋水如镜,还可以照见两岸的山川、地貌、风物。秋水也是人生旅途的一面镜子,它会真实地映照出前进道路上的坎坷、荆棘和泥泞,时时在提醒人们看好脚下,走好人生。古人诗云:"泾溪石险人兢慎,终岁不闻倾覆人。却是平流无石处,时时闻说有沉沦。"该诗富有哲理且具有现实意义,就当下而言,人们在"泾溪石险"处大多是谨慎的,而在"平流无石处"麻痹大意者当不在少数。我想我们还是要用好秋水这面镜子,以临渊和履冰之心,一步一个脚印地向着人生的目标稳健地行进。

# 落叶余韵

秋风吹黄了绿叶,吹黄了庄稼,吹出了一个金色的世界。黄叶在秋风的摇曳下静静地投入到大地母亲的怀抱。落叶从春天走来,经历了春天的温柔与萌动、夏天的热烈与张扬,又经历了秋天的成熟与衰老。不平凡的经历、风雨的洗礼和世态的炎凉赋予了落叶丰富而美丽的内涵。

落叶余韵,在于落叶具有沧桑之美。一元复始,万象更新,大地升发着阳气,小草升发着新绿,树木的枝头也隐隐露出了指尖状的嫩芽,这时的落叶刚刚出生,尚在春天的襁褓里躁动。在春阳、春风、春雨的温暖和抚慰下,枝头的嫩芽渐次绽开,绿叶已经初长成。于是花儿便紧跟着绿叶向枝头走来,向小草走来,向田园走来。蜜蜂来了,蝴蝶来了,喜鹊在枝头歌唱,百鸟飞翔着叽叽喳喳地把春天的讯息传到了田野、山岗和城乡。绿叶扶持着鲜花,滋养着鲜花,使鲜花开得灿烂、开得绚丽、开得妩媚。在这花儿最得意、最风光、最抢眼的时候,绿叶却躲在了鲜花的身后。绿叶成就了鲜花,但绿叶无意争春,无意抢镜头,更无意掠鲜花之美。当游春者人如潮涌,观花者络绎不绝,赞花者不惜笔墨的时候,有谁想到了绿叶呢?但绿叶无怨无悔,这就是绿叶的品格。夏天到来,鲜花中有的耐不得高温、经不起风雨,于是娇艳者走了,取宠者走了,剩下的鲜花依然仰仗着绿叶,绿叶和鲜花不离不弃,在绿叶的护佑下,鲜花开得更加绚烂。同时绿叶还向着太阳,迎着高温,冒着风雨在不停地吸纳着阳光雨露、天地灵气,进一步发展壮大自己,并把营养源源不断地输送到枝干,用行动来诠释绿叶对枝干的情意。绿叶站立枝头,忠于职守,面对风雨她柔而不弱、柔中带刚,暴风可能折断树枝,但不能撕裂绿叶;骤雨可能冲垮堤坝,但不能打烂绿叶。这是何等坚韧与强大!夏日炎炎,酷暑难耐,绿叶又手把手、肩并肩为人们搭起绿荫,在她的身下,人们享受凉爽,感到惬意,这种绿色、环保、安静的纳凉方式是空调无法比拟的。

绿叶走过了春夏,走过了坎坷和泥泞,陪伴着花儿走了一程又一程,奉献万木、润物无声。树木长粗了,长高了,刻在身上的年轮记下了绿叶的奉献;果实成熟了,采摘了,展示了绿叶的功绩;庄稼收获了,丰产了,回报了绿叶的恩情。在一阵紧似一阵的秋风里,绿叶实现了由绿到黄的嬗变。黄叶在秋风中沙沙作响,好像在向世人说:"我已经完成了使命,我累了,该休息了。"黄叶在秋风中晃动,好像在向树木挥手告别。到了中秋以后,黄叶会陆续离开母体,轻轻地飘落到树的根部,从树上到树下,她悄悄地完成了简单的自由落体运动,这是对科学的尊重,是对自然法则的尊重,也是能上能下的范例。

落叶余韵在于落叶具有恬静之美。哲学家说生命只是一个过程。在这个过程中,只要生长了,欢乐了,痛苦了,拼搏了,奉献了就没有遗憾,就可以使生命之树常青。落叶也有自己的生命过程,在她

落叶余韵

初生之后就展现了生命的亮色,她绿得青丽,绿得夺目,绿得生机盎然;后来她成熟了,叶片泛黄了,黄得老成,黄得厚重,黄得金贵。还有少量的倔强的留恋枝头的叶子,到了深秋,特别是霜降以后,又染上了红色,红得像霞,红得如火,红得让少男少女沉醉。落叶整个的生命过程寒暑易节浑不怕,风雨雷电任驰骋。叶子落了,落得轻盈,落得飘逸,落得淡定从容。叶子作为树木的旗帜,在这金色的年华里降了下来,于是激情归于淡然,热烈归于宁静,"生如夏花之绚烂,死如秋叶之静美"。叶在她的晚年实现了静与美的和谐统一,达到了大美的境界。佛说,一花一世界,一木一浮生,一草一天堂,一叶一如来,真是叶小天地大,片片岁月长啊。一片片树叶记录了日月星辰的运行和各种天象对树木的影响,刻录下了树木生长的声音,见证了万木坚强不屈的生存意志。透过一片落叶,既可以看到树木又可以看到森林,这是多大的信息量啊。自然界的万物生生死死皆有规律可循,佛家讲的缘起缘灭皆因为缘,一切随缘就好,其实就是这个道理。落叶以随缘的心态,禅的意境,顺应了自然,安详恬静地归于承载万物的土地,这在佛家看来也是至善至美之果。

  落叶余韵在于落叶具有奉献之美。"落红不是无情物,化作春泥更护花",叶归于地、归于根,化腐朽为神奇,在漫长的冬季为根提供新的营养,以老朽之躯为树木做最后的贡献,到来年,春回大地的时候,那枝头长出的新绿不正是再生的落叶吗?同时,看到地上一层层的落叶也让我们自然产生一些遐想和感慨。人生和落叶有颇多相似之处,婴儿降生之后,陆续长出满头青丝,随着年龄增长,乳牙掉去,慢慢长高;到成年后,皱纹会渐渐爬上眼角眉梢,风霜会慢慢染白头发;到了晚年会发须斑白,并黯然脱落。这多像绿叶初生,绿叶变黄,一一落去啊。谈到这里,真让人感到人生如梦,人生苦短,人生无常啊!人皆能看到流年易逝,但有谁能看到来日有多少呢?所以人一定要领悟人生的真谛,把握好当下,陶冶高尚的情操,担当起应当担当的责任,快乐地工作,快乐地生活,快乐地奉献社会。唯有如此,我们的人生,才是无憾的人生。

# 领悟秋风

　　秋风如约而至。她扫荡了酷暑,驱散了乌云,给我们带来了一个清明的世界。秋风作为秋的使者,带着秋的信息,这信息只有直面秋风、钟爱秋风的人才能解读。

　　秋风替天行道。经历了炎热,烦闷的人们呼唤着秋风和凉爽,秋风回应着期待,顺应着愿望,迈着轻盈的步子向人们走来。秋风起自九天,行于大地,是天地的意志,是天地正气,她要代表天地扫除雾霾与瘴气,恩赐清明与吉祥。秋风不像冬天的风那样狂躁粗野、横冲直闯,秋风沉稳刚健、坚韧有恒,直面秋风,你会感到她的爽快和力量。黄叶飘落、残花凋零,那是秋风删繁就简、除旧布新的力量;横扫垃圾和腐朽,那是秋风清除腐败、摧枯拉朽的力量;秋水微澜、碧波荡漾,那是秋风激浊扬清、净化沉淀的力量。秋风乍起、群雁高飞,"雁南唱旧歌,叶黄铺新路",大雁列队南翔,它们要把秋的讯息转达到天南地北,知了在树上拼命地叫喊,这些趋炎附势的家伙要把悲歌唱到生命的最后一刻。在空旷的田野里,小虫子正在为一个新的季节的到来唱着欢歌。秋风过后,浮华归于本真,躁动归于宁静,成长归于成熟,天地间呈现出了"落霞与孤鹜齐飞,秋水共长天一色"的大美风景和"万类霜天竞自由"的和谐气象。

　　秋风带来丰收。秋风吹黄了绿叶,吹熟了庄稼,吹熟了瓜果,大自然在秋风中变成了金色的世界。黄色是厚重和金贵之色,金色的阳光、金色的原野和秋日的金风交织成静态的乐章和动态的画卷。金风送来了庄稼的清香、瓜果的浓香和丹桂的芳香,人们的脸上写满

秋风中的高粱

了如意和喜悦。山岗上,精神矍铄的老人在放牧着膘肥体壮的牛羊;庭院里,鸡鸭在拉歌对唱,站在枝头的喜鹊,在喳喳着向主人传递着喜讯……秋,因秋风而多姿多彩,因秋风而充满希望,因秋风而美满欢畅。但从古至今,在不少文人的笔下,秋都被描写成了萧瑟、凋零和悲凄的景象,伤秋、悲秋的心绪也影响了一代又一代人。当然,这可能与作者的心境有关,但无论如何,我都是不能认同的,因为他们对秋的看法是不客观、不全面、不准确的。秋随秋风而来,秋风在与夏风的较量中压倒了夏风,为人们赢来了秋高气爽、天高云淡的气象,秋天变得和春天一样宜人,怎么能说凄凉呢?秋天里,百花实现了由花到果的涅槃,成筐的硕果奉献在了人们面前,怎么能说凋零呢?深秋时节,黄叶从枝杈脱落至树的根部,在漫长的冬季里再为母体准备新的营养,而黄叶在过去的贡献已经镌刻在了树木的年轮之上,这正是我们所提倡的绿色环保的可持续发展,怎么能说萧瑟呢?这只能说人们容易被表象遮望眼,容易被娇艳所迷惑。秋是收获、是清高和淡雅,这既是天气现象也是人们追求的境界。

秋风牵手秋雨。秋风和秋雨一路同行,秋风所到之处都有秋雨的影子,秋风引领着秋雨走向田野,走向山岗,走向庄稼人的心田。秋风和秋雨是好伙伴,是不能分离的,秋风离开了秋雨就没有灵性,秋雨离开了秋风就没有活力。秋风是斯文的,她像清道夫一样,不急不慢、不知疲倦地清扫着落叶浮尘和垃圾;秋雨是多情的,如丝如烟、如梦如画,有时像久别重逢的恋人,勾肩搭背、缠缠绵绵、窃窃私语、缓诉衷肠,有时又像远方的来客好请难送。秋风秋雨从来都是人们寄托感情的载体,"君问归期未有期,巴山夜雨涨秋池。何当共剪西窗烛,却话巴山夜雨时"。当时李商隐被秋雨所阻,滞留在遥远的巴蜀之地,愈加想念妻子和家人,在无眠的夜里,秋雨绵绵,池水盈盈,让他辗转反侧,顿生不尽的思念之情。"秋风秋雨愁煞人"是秋瑾作为一名革命家对国家民族兴亡的忧愁,表达的是壮志未酬、面对死亡的悲愤心情。在庄稼人看来,秋风和秋雨是好朋友、好帮手。在金秋时节,秋风秋雨的到来可以使农事活动得以逐次展开,他们在秋风中收获,在秋雨后播种,各项农活都做得井井有条、扎扎实实,这样来年的丰收就有了指望。说到底,秋风秋雨的真正归宿还是在农家。

秋风描绘美景。秋风以经天纬地的大手描绘出色彩斑斓的天地。天上,白云朵朵、碧空如洗;空中,鸟儿在唱着秋歌、振翅高飞;地上,草丛中、树枝间,绿叶已经完成了神圣的使命,正以金贵之色装点着秋的容颜;田野里,金黄的装束、金色的果实在诠释着黄土地的内涵;果树上,那红红的苹果、红红的大枣、红红的石榴、金黄的酥梨、金黄的柑橘在点缀着秋天的风景,证明着秋天的富足;小河中,鱼翔浅底,蟹丰虾肥;山涧里,泉水如黛,淙淙流淌;小溪里,风吹涟漪,绿水潺潺,人们不经意间就可望穿秋水;夕阳下,白鹭戏水,浮光耀金;山坡下,已经吃饱了肚子的牛羊,在哞哞咩咩地唱着原生态的歌曲,这既像远山的呼唤,又像天籁之音;芳草地上,春天的花经过绽开和灿烂之后,都一一在秋风中老去、凋谢。于是,金风吹开了桂花、吹开了秋菊,丹桂香飘四溢,秋菊迎风傲雪,秋除了有丰硕的果,依然不缺芬芳的花。秋夜里,云淡风轻、明月当空,月亮呈现出了少有的高洁之美。这一切恰如一位漂亮的女性,春是她花枝招展的少女阶段,经过了夏的成长,特别是有了初秋的金风吹拂和阳光雨露之后,终于在秋天里出落成了亭亭玉立、风姿绰约的大姑娘,这多半都是秋风的功劳。

秋风、金风、金贵之风,秋风、清风、清明之风。愿秋风常留人间。

# 故乡是什么

听信了父母和老师的说教,相信知识能改变命运,于是我背负起行囊,走出了乡关,负笈在他乡。从此,故乡和我天各一方,多少个细雨蒙蒙的黄昏,多少个雪花飘飘的夜晚,多少个心灰意冷的时候,我都想到过归去,但故乡不让,故乡一次次乘着那从茅屋草舍里升起的炊烟,带着微笑,带着温情,带着祝福向我走来。骤然间,我就感受到了温暖,增添了力量,燃烧起希望。

故乡是什么?故乡是游子的"根"。父母健在时,我常把故乡叫家乡,因为家有父母,逢年过节都要回去,一家人互相依偎着,团聚在一起,听父母唠叨,吃粗茶淡饭,抚今追昔,忆苦思甜,真是共享天伦,其乐融融。父母过世,兄弟姐妹都已成家立业,自立门户,大家变成了小家,家的感觉、家的味道也淡了许多,过去心目中的那个家好像已不复存在,再叫家乡觉得不够贴切,所以现在就把老家叫故乡了。故乡是祖先结束漂泊的落脚地,是生养我的地方,也是我人生的出发地和归宿。那里有我来到这个世界上第一眼看到的老屋,那里有我的第一声啼哭和童年的脚印,那里有我的父老乡亲,那里安息着我的父母,埋葬着我的爷爷奶奶和爷爷奶奶的长辈。那是我的家人在清明和过年的时候要去祭祀的地方,那是与我荣辱与共的地方,令我魂牵梦绕的地方,也是和我同呼吸共命运、心连心的地方。历史学家说:世界上可以传承的东西只有两种,那就是血脉和文化。而我们的父母,我们的祖先和我们的故乡正是我们的血脉和文化之源。我是故乡的儿子,我的根早已扎在了故乡贫瘠的山岗和广袤肥沃的田野。

多少年来,我和故乡人一起"根紧握在地下,叶相触在云里",在故乡的蓝天白云下吸纳着阳光雨露和大地的营养,和故乡人一起健康地成长。于是才有了今天的我,有了我可爱的故乡人和我美丽的故乡。其实,人都是有根的,都可以循着父母和祖先的脉络找到自己的根之所在。根文化也是中国传统文化的重要内容,它是我们民族认同感和归属感的依据,是我们民族生生不息的明证,也是我们民族凝聚力和向心力的源泉。我们的民族就是因为有这发达的根系才生长成了参天的大树,才成了世界民族之林中最伟岸、最挺拔、最有生命力的林木。

故乡是什么？故乡是我的思念。离开了故乡,我就把故乡珍藏在了心里,故乡一直牵动着我身上最敏感的那根神经。心中有故乡,故乡就在身边,我就在故乡的怀抱里,故乡就在护佑着我。多少个年头,故乡和我一起漂泊;多少个日子,故乡和我一起苦乐;多少个黑夜,故乡和我一起度过。身在异乡,偶尔接到故乡的电话,看到带有故乡区号的电话号码,我就备感亲切,因为那是来自故乡的声音,它传递的是故乡的讯息,这对游子好像有一种他乡遇故知的感觉。是啊,故乡有我美好的童年记忆,有我一群天真无邪的发小,有我人生中最美好的一段时光。现在城里人时常说的雾霾两个字在故乡从未听说过,从未见到过。故乡的天空明净如洗,故乡的流水明净清丽,故乡人的心灵明净善良,故乡的空气温润可人,故乡的山风清新和

故乡的小河

畅。故乡那高高的山岗、清澈的小溪、无际的田野、泥泞的小路布满了我的足迹，留下了我玩耍和劳动的印记。那山岗上葱郁的林木、野草中永远也开不完的小花美化、香化着故乡；沙溪里游泳的鱼虾、缓缓爬行的螃蟹是抓不完的小精灵；田野里丰收的五谷、飘香的瓜果养育着一代又一代故乡人；小路上有我和小伙伴奔跑的身影，跌倒后又爬起的水窝和被我脚丫亲吻过的泥土。那山野里哗哗的涧水、淙淙的流泉和牛羊哞哞咩咩的叫声是故乡最醇美的山歌；那村外的虫鸣蛙叫、村内大公鸡拍打着翅膀的声音、老母鸡下蛋后"咯嗒咯嗒"的歌唱和枝头喜鹊与小鸟叽叽喳喳的低语是故乡原生态的音乐；那世外桃源一样的小山村和小山村里低矮的草屋、高高的青砖瓦舍和草屋瓦舍之间窄窄的小巷、厚厚的土墙、小小的庭院是我永远的乐园。思念故乡，更思念故乡的亲人。妈妈说，我一生下来就因为母乳不够，曾吃过本村几位哺乳期内妇女的乳汁，也曾吃过村里多家的饭菜，是故乡人和家人一起把我养大。故乡人和我的父母一样对我情深似海、恩重如山，但他们从来也没有计较过我的回报，施恩而不求回报，只能说明他们品德的高尚和为人的厚道与无私，而决不能成为我不报恩的理由。我会永远记着他们，永远感恩他们，永远思念他们。

　　故乡是什么？故乡是力量的源泉。是父母给了我生命，是故乡给了我身体，我的身子虽然不算伟岸但足够结实，因为这身子是用故乡的泥土和石块铸就，有了这身子，我就可以承担工作和生活的压力，就可以在漂泊的路上笑傲风雨，就可以在漫漫征程踏平坎坷。故乡对于游子是一个有温度、有力量的字眼，有了故乡在人生的道路上就能进能退，就无后顾之忧。漂泊的经历告诉我在酷暑难耐的夏日，故乡是风；在冰天雪地的寒冬，故乡是火；在人生的暗夜，故乡是灯。有了故乡，就有了根据地和大后方，就有了补给站和避风港；有了故乡，在滚滚红尘中就不失清醒与方向，在荆棘和泥沼面前就不失血性和力量，在威胁与利诱面前就不失正气与坚强。孟郊诗云："慈母手中线，游子身上衣。临行密密缝，意恐迟迟归。"游子带着故乡远行，故乡对游子不离不弃。我从故乡走来，我生命的元素里带着故乡的能量,我生命的信息只有不断和故乡连接,才能补充这种能量。让我们时刻惦记着故乡,和着她的心跳,随着她的脉动,和她一起走向光辉的明天。

# 带着故乡远行

远行,请带着故乡。

带着故乡的精神。故乡人特别能吃苦,特别能忍耐,特别能奉献,这是故乡人基本的精神风貌,是闪烁在一代代故乡人身上的精神之光,也是所有故乡人的精神财富。我是故乡的儿子,也是故乡精神的传承者。因为学习、工作和生活的需要,我十几岁走出乡关,负笈他乡。后来走向社会,漂泊在一个又一个远离故乡的地方,经历了风雨,感受过炎凉,但我的心中不曾感到孤单和无助,这是因为漂泊的路上有故乡与我相伴,有故乡的精神给我力量。在遇到苦难的时候,我想起了特别能吃苦的故乡人。故乡在上个世纪农村实行家庭联产承包责任制之前真得很苦,那时是以生产队为单位劳动分成。白天村里的男女劳动力都要下地干活,辛辛苦苦地忙碌,他们双脚沾满黄土,两手上布满老茧,胸中装着家园,身上扛着责任,就是这样日复一日、年复一年地劳作,不少农户还不能解决吃饭穿衣的问题。但是他们缺物质不缺精神,缺营养不缺干劲,在困难的情况下,磨砺着意志,满怀着希望,坚守着信仰。他们赡养老人,抚育孩子,延续血脉,生生不息。在公与私发生矛盾的时候,我想起了特别能奉献的故乡人。在国家困难的时候,故乡人首先想到的是国家,他们积极为国分忧,在自己还吃不饱肚子的峥嵘岁月里,他们从来也没有欠过国家的公粮,年年都是把新收的粮食整晒干净,把最好的部分贡献给国家,支援祖国的建设。在集体需要的时候,故乡人历来都是义不容辞、勇挑重担。治水修渠的河道里,植树造林的山岗上,修路建桥的工地上都有故乡人挥洒的青春和汗水。故乡人没有战天斗地的豪情，没有闪光的豪言壮语，也没有感天动地的事迹，但他们有强烈的国家集体观念，有躬耕田野的执着，有默不作声的付出。在自身遇到烦恼和委屈的时候，我想起了特别能忍耐的故乡人。故乡人小到邻里纠纷，大到不公平待遇，都能坦然面对，尽力包容。他们胸怀坦荡，淡看名利，不计得失，和衷共济。带着故乡的精神在前行的路上我们就有了朝气，有了信心，有了力量。

绿树掩映中的故乡

带着故乡的情谊。是父母给了我生命，是故乡滋养了我的身体。故乡的山给了我筋骨，故乡的土给了我厚重，故乡的水给了我灵气，故乡的山水和黄土把我养育。故乡是我的又一位母亲，是真正的人走茶不凉的地方，是游子应当永远顶礼膜拜的精神圣地。故乡的灯永远照亮游子前行和回家的路。有道是狗不嫌家穷，儿不嫌娘丑，作为游子不管走到哪里，不管你发达或是落魄，都应当时时刻刻把故乡记在心里，保持着和故乡的联系，了解着故乡的信息，关心着故乡的人和事，为故乡的发展操心出力。漂泊的日子里，不管你是身居繁华的都市，或是孤旅在烈日风雨中的天涯，都要给故乡打一打电话，和乡亲们叙一叙乡情乡谊。繁忙的日子里，不管是啥样的心绪看到带有故乡区号的电话都要先接一接，温暖的话儿都要多说几句。须知他乡再好也不可能成为故乡，这就像你在外结交了要好的朋友，你和朋友有共同的语言，共同的志趣，你们可以互相支持，互相帮助，但朋友永远不能代替家人；又像你在异乡熟知了风土人情，熟练使用了当地的方言,但这语言永远也没有你的母语运用自如,酣畅随意。所以带着故乡的情谊,就是和故乡在一起,就是和故乡的亲人一起,就是和故乡的文化一起;带着故乡的情谊,在人生的冬天里将不再寒冷,在工作和生活中将充满柔情蜜意。

带着故乡的能量。一点一滴的故乡的能量都是人生的正能量。平时节假日或过年过节每次回到故乡,喝一碗故乡的开水,吃一顿故乡的家常饭,就感到味美舒服,就能使旅途的疲劳消失大半。临走的时候,家人亲戚还要我带上家乡的红薯、花生、杂粮、野菜,我理解他们的深意,他们是要我不忘记故乡,不忘亲人,不忘记过去那些艰苦的日子。我也很乐意带上这些东西,因为带着这些就是带着来自故乡的能量。在外奔波的日子里,故乡的一山一水,一草一木,一粒粮食,一棵野菜都牵动着我的心,都连着我身上最敏感的神经。我从小在故乡的山川里奔跑,在故乡的草木中出没,在房前屋后的黄土地上摔打,是故乡的红薯、杂粮和野菜把我养大,只要带上它们,我走到哪里哪里都是家。红薯、杂粮、野菜是家乡的符号,是家乡的标志,也是家人的味道,在那吃不饱肚子的年代,红薯、杂粮、野菜和故乡人的情谊是多么深厚啊!今天它们又随我一路同行,漂泊远方,它们身上凝聚着日月精华,故乡人的心血、汗水和浓浓的乡情,它们的价值决不是在超市和酒店可以买到的,它们的营养对于我真是其他任何东西都不得替代的。我要把红薯、杂粮和野菜放在家中最醒目的地方,我要大讲它们曾经舍己为人的奉献精神,我要用它们来警示教育家人:永远也不要忘记过去,更好地开辟未来。

(原载于2015年8月14日《检察日报》)

# 乡愁如烟

确切地说,从告别父母负笈他乡的那一天起,乡愁就在我心里扎了根。时光荏苒,日月如梭,故乡的叔伯们老了一茬又一茬,爷奶们走了一拨又一拨,我这个曾经的青丝少年也被岁月折腾得两鬓斑白,满脸沧桑。完成了学业,参加了工作,我像大海里的一叶扁舟随风游动,顺水飘荡。漂泊的路水深流急,潮落潮涨,旅途之忧,江湖之险令我彷徨,漂泊的日子风雨打湿了我的衣衫,泪眼模糊了我的视线,我孤独的时候,无数次以朦胧的双眼回望故乡,只觉得故乡渐远、故乡渺茫、故乡难望。思乡的心绪随着年龄的增长而增长,我时常在心中默念故乡安好,牵挂降雨多少,路况如何,庄稼长势如何,收成如何?故乡人在外打工的多少?在家留守的多少?孩子入学的有多少,失学的有多少?日复一日年复一年,乡思乡愁往往是在无人的时候像绳索一样缠绕着我,乡思乡愁也像野草一样在我心中疯长。打发完一个个忙碌的日子,目送单位的同事回家,一到夕阳西下黄昏将至,就有一种凄凉和惆怅之感。城市的喧嚣,霓虹灯的闪烁,汽车里的红男绿女,高楼里的财富,这些都与我无关,城市的富足和方便倒使我这个在小山村长大的人感到有些不适,我那一颗难以平静的心就像长了翅膀一样飞过高山大河,飞过关山古道,常常在故乡暮色四合、炊烟升起的时候悄悄回归故乡。

乡愁如烟,我仿佛看到了从我家老屋的厨房里升起的袅袅炊烟。从我家厨房里升起的炊烟,是母亲亲手点燃的炊烟,是从父亲亲手垒起的灶台里生发出来的炊烟,那炊烟中涌动着母爱的温暖,携带着故乡的气息,散发着故乡干枯的野草和秸秆的清香,那炊烟的味道是母爱的味道,故乡的味道,故乡田园的味道;那炊烟里有父亲吸旱烟袋的烟雾,有父亲劳累和哀怨时的叹息,还有山风卷起黄尘弥漫在小村上空的泥土味,那炊烟的味道就是父亲烟叶的味道,父亲汗渍的味道,父亲人生的味道。在那衣不挡寒饭难吃饱的峥嵘岁月,看到炊烟对我来说就是莫大的慰藉,或者说有望梅止渴之效,因为炊烟是饮食的信号,炊烟里夹杂有饮食的信息。饥饿的求食者往往能从炊烟里品出单调的饭菜的味道。红薯、杂粮野菜各有其各自独特之味,没有白面馒头,没有山珍海味,没有鸡鸭鱼肉,能吃饱肚子的食物就是最好的美食。那时候父母亲随着生产队里的劳动力起早贪黑,在田野里劳作,他们风里来雨里去,就是为了能够挣点工分,多分点口粮养家糊口。一个生产队就像一个战斗的连队,一个个男女劳动力就像守土的战士,他们一起拼命地扑向了自己的土地,深耕细锄浇水施肥,寒来暑往,季节交替,没人叫过苦没人叫过累,他们希望通过自己诚实的劳动能够从黄土地里挖掘出更多的粮食、财富和温暖。但孰不知,土地的奉献不是无条件的,掠夺性的耕耘,化肥和农药的反复甚至过量施用,农家肥的减少,土壤结构的改变,土地的板结,地力的降低,水土的流失,黄土地一年甚至一季也不曾休息过,这些都在对抗着人们无度的索取。夏收秋收之后,粮食分配的结果在讽刺着人们的付出,繁重的体力劳动和微薄的粮食分配不成正比。年年岁岁,超负荷高强度的体力劳动像虫子一样在嚼噬着故乡人的健康,父亲年轻时挺拔的身板也变成了佝偻的身子,母亲年轻时如玉的纤纤手指也变得像冬天里的干柴一样僵硬粗糙。母亲一日三餐在厨房生火做饭,刷刷洗洗,经年的烟熏火燎和夜晚油灯下的穿针引线、缝缝补补使她的双目受到了严重伤害,到了晚年她眼睫毛一根接一根地倒下,眼睛针刺一样的疼痛,眼里经常流泪,视力大幅度下降,虽然多地医治也未见好,眼疾困扰了她后半生。父亲由于经年在风霜雨雪中奔波劳动,导致他身体遭风寒侵袭,风邪入内,中年时就得了风湿性关节炎、风湿性心脏病,家中经济条件刚有好转,城里乡里跑着看医生,吃西药弄中药,找验方,但病来如山倒病去如抽丝,由于治疗期间没有得到好的休息和调养,疗效自然不能令人满意,最后,他没有把疾病送走,带着疾病一起进入了坟墓。每每想到这些,我都不禁黯然神伤心酸落泪,霎时间,父亲高大的身躯就这样变成了矮矮的一抔黄土,阴阳两隔,天旋地转,我怨天尤人,心如刀绞。父亲是儿女的靠山,像大山一样深沉厚重,他阅尽人间沧桑,源源不断地给儿女带来支持鼓励、宽容和智慧,我多么希望他能寿比南山,颐养天年,但天不遂人愿啊! 现在我所能做的一是对老人怀有深深的愧疚和无尽的思念,二是一年一度的清明我会如期赶到他老人家的坟地为他扫墓。我双手捧上一点供品,几叠火纸,然后呆呆地望着火纸燃起的缕缕青烟,默默地开始揪心般无限的忏悔,但是纵然长跪不起,哭天抢地,还有什么用呢? 人啊,趁一切还来得及,快去孝敬父母吧,亲人是一种缘分,下辈子无论爱与不爱都不会再见了。繁重的劳动,超强度的体力劳动不是锻炼而是摧残,不是创造而是毁灭,不是快乐而是痛苦。有人说劳动创造了人,劳动创造了财富,但这创造的过程是何其艰难哪! 还有人说劳动光荣,劳动伟大,但谁愿意这样光荣,谁愿意这样伟大? 不可否认脑力劳动也是劳动,也是创造,甚至是更重要的劳动和创造,但从古至今脑力劳动者比体力劳动者的地位和待遇高出多少个档次是尽人皆知的。

  乡愁如烟,往事如烟,这淡淡的烟雾在我心中飘散,在我眼前飘散,在故乡的天空飘散。这淡淡的烟雾和故乡的炊烟交织在一起,融合在一起,汇聚在一起,变成了升腾的云团,这云团乘着远方的风终会在故乡的平原洒下甘甜的雨水。故乡的亲人,故乡的土地太过劳累,太过干渴了,让雨水和着我乡愁的泪慢慢滋润故乡的土地,滋润故乡人的心田,滋润故乡人曾经苦难的人生;让雨水和着我乡愁的泪,洗去故乡人周身的疲惫,洗出故乡明净的天空,洗出故乡清新的家园。

# 故乡渐远

我的故乡是在一个被城里人称作乡下的地方,那里青山环抱、绿水缠绕,高高的青灰色的瓦房和低矮的茅屋草舍错落有致。夏日里,夕阳西下的时候,炊烟从山村袅袅升起,大公鸡飞到小树上拍打着翅膀,山坡上已经吃饱了肚子的牛羊陆续进村,收工的乡亲们荷锄而归,小山村笼罩在祥和安静的氛围之中。

带着对故乡的美好记忆,今年清明假日期间,我又回到了那个令我魂牵梦绕的老家。在给父母和列祖列宗扫墓之后,我朝那个生我养我的小山村走去。刚走到村头,还没有见到村里人,有几只狗就冲着我跑了过来,它们恶狠狠地"汪汪"叫着,听到狗叫,有几位中老年人走了过来,他们拉着我的手问长问短,几乎是不约而同地说:"哎呀,你可回来啦!"然后又朝狗怒吼道:"叫什么叫,自己人回来了你都不认识!"此情此景,我既感到尴尬又觉得心里不是滋味。"你可回来啦"既是对我的认同和期盼,也是对我的责怪,言语不多,寓意深长啊。老家人常说:狗咬生人不咬熟人,咬穷人不咬富人。我既非熟人亦非富人,不咬我才怪呢,既然没有富贵又没有做到常回家看看,那我整天都在忙啥?真觉得又惭愧又内疚。和乡亲们寒暄之后,有位童年的伙伴一直在陪着我转悠,他打量着我,我观察着他,两个人时远时近、若即若离,怎么也不像童年那样无话不说,没有距离。我看到他比我老了许多,童年时的欢天喜地在他身上没留下任何痕迹。满头的白发、满脸的灰尘、满嘴又黑又黄的牙齿见证了他经历的沧桑和身心的疲惫;接近佝偻的身子见证了他所承受的生活的压力;皱皱巴巴的衣服见证了他日子的不快;一双像冬天的树皮一样干涩粗糙的手见证了他的劳动强度。我再一次感叹流年的易逝和光阴的无情,感叹人生的短暂和不易,感叹人生中那些曾经的真诚和美好是多么容易转变和失去。人啊,时光就像一把软软的刀子在慢慢地磨杀着我们的生命。

进村的小路

从进村的道路到村外的田园,从东边的山岗到村西的小河,从村里的老屋到村边的小楼,我慢慢地走了一圈,仔细地看了一遍,年少时爬过的大树、洗澡的荷塘和村头纳凉的树林已离我而去;村里的几间老屋墙壁上已经裂开了缝隙;村北边的麦场早被犁成了耕地;村里那位很会讲故事的老爷爷和看着我长大给过我关爱的几位大娘已驾鹤西去。故乡变了,故乡变得离我越来越远。我清醒地意识到我能够踏上故乡的土地,却不能再闻到故乡泥土和附属物那原生态的气息;我能够回到故乡,却不能再回到那曾经的家园;我能够回到乡亲们的中间,却不能走进他们的心中。故乡变了,变得人越来越少。这些年在故乡人的话语里出现频率最高的两个字就是"打工",凡是有把力气的年轻人都出去打工了。他们有的种了庄稼就走,到收庄稼的时节回来;有的干脆把土地转包给他人,举家出去打工,逢年过节也不再回来,曾经的庭院长满了荒草,门锁已经锈蚀,实际上家已不家。这种打工潮的形成客观上是因为城市经济的发展导致了用工量的增加,农业机械的使用提高了农业生产的效率,农民赢得了较多的空闲时间,使外出务工成为可能。在这种社会背景下,农村的年轻男女外出打工者众,不外出打工者则被视为游手好闲或好逸恶劳之辈。所以,打工者走出乡关从来没有闯荡天下的豪情,只有背井离乡的无奈。他们若能投在一个好老板的旗下干活算是走运,若是跟着无赖老板打工那就会很倒霉,这种情况时常见诸媒体,这里自不必多说。当然,打工在一定程度上也开阔了农民的视野,冲击了传统的封闭僵化保守的观念,他们带回了开放的思想、先进的技术、创新的意识,促进了家庭增收和农村经济的发展,也促进了城市和社会事业的发展。但打工者挥洒着青春和汗水、失去着自我和自尊,高速运转的机器磨砺着他们的意志,马达的轰鸣湮没了他们的欢乐,繁重的劳动任务压抑了他们的七情六欲,他们有的夫妻天各一方,有的子女不能相见,多数人家的老人不能赡养,这些都是打工者必须坦然面对的现实。故乡变了,变得越来越"洋"。村中的瓦房和茅屋草舍基本上都被扒掉了,取而代之的是两层三层的小楼。有的村中的老宅已经弃而不用,他们干脆在村外的地边、山岗、大路旁建起了"洋房"。客观地说这些建筑超出了使用标准,也不符合当地的实际。那瓦房和茅屋草舍住着冬暖夏凉,修缮造价低廉,弃之实在可惜。这些老房子经历了风雨,见证了变迁,有的还像"铁壳"一样坚固。更主要的是在我们这山区、半山区的地方,家家户户都养有家畜家禽,那四条腿的猪马牛羊、两条腿的鸡鸭鹅是无论如何也赶不到楼上的。若是在更新房屋的同时,能留下一些能用的老房子饲养家畜家禽、放置农机和农具则非常合适。盲目的建设,盲目的挖沙、取土、采石,既加剧了环境的破坏,也不符合国家建设美丽乡村的要求,农村的发展是不能以牺牲土地和环境为代价的。故乡变了,变成了钢筋水泥的丛林,变得颠覆了传统、迷失了自我、失去了风骨。变得和游子越来越陌生了。

  故乡啊,母亲,我把年少时最美好的一段时光交给了你,我曾用小嘴和娇嫩的脚板亲吻过你,我把最纯真最朴实的感情奉献给了你,你怎么能离我远去呢?毛主席曾说过:"三十八年过去,弹指一挥间。"我离开你还没有这么长时间,还不到弹指一挥间啊,你怎么就不认得我了呢!故乡啊,母亲,是你要远离我,还是我要远离你?是你要抛弃我还是我要抛弃你？我不会忘记是你的水、你的饭把我养大，是你给了我近乎伟岸的身体；我不会忘记在你的青山上拾柴，在你的绿水里摸鱼；我不忘记在你的怀抱里荡秋千做游戏，是你给了我无尽的欢喜和乐趣。故乡啊，母亲，骨肉不可分，血缘不可改，情缘尚可续。故园难舍、故乡难忘、故土难离，请求您伸开双臂，让我重回您的怀抱。

（原载于 2015 年 10 月 16 日《检察日报》）

# 漂泊之殇

　　我行走在江湖,奔波去他乡,胸中装着故乡,心里想着亲人,肩上扛着责任,日子不曾有过轻松,生活是五味杂陈。
　　身在遥远的南国,当温暖湿润的海风扑面而来,大自然满眼春色的时候,我那千里之外的故乡还是残雪覆盖,春寒料峭,我那年迈的父母和刚刚入学的儿女可好?妻一个人能否挑起家中沉重的担子?有道是儿是娘的心头肉,"儿"行千里母担忧,其实这道理是相辅相成的,"儿"行千里也为父母和子女担忧啊!在我们的传统文化里,历来讲父母在不远游。但家中只种了几亩薄地,农业机械已经取代了铁犁牛耕,农业生产活动在注入了科技元素之后,效率得到提高,传统烦琐的耕作方法已经被简化,春耕、夏耘、秋收、冬藏也变得简单,乡亲们面对着越来越多的农闲时间有的选择了承包荒山和土地,有的选择了规模养猪、养鸡、养牛或养羊,但更多的乡亲则是在经历了痛苦的思想斗争之后选择了远走他乡,用力气和汗水去创造和积累财富。故乡人说有智吃智,无智吃力,人总得有个吃饭门路。实际上故乡人离开故乡哪怕只是一小步,也是思想解放的一大步,要知道在中国几千年的封建社会制度下,思想和文化对人的影响是深远的,尤其是在偏僻封闭的农村,受这种影响就更为深远。千百年来农村自给自足的自然经济占主导地位,小农经济意识在农民的脑海里得到了固化,他们有的安贫乐道,有的小富即安,总之是舍不得脚下的土地,舍不得从祖宗那里继承来的不动产,舍不得贫穷温暖的家。他们重农、重文、重仕而轻商,历来看不起走南闯北谋生的人,看不起游手好闲的人,看不起做买卖的人。他们尊重孝老敬贤的人,尊重在田野里默默劳作的人,尊重尚德节俭能过苦日子的人。他们从内心深处认为故乡最好,故园难舍,故土难离。可以想象,在这样的思想背景下要下定决心,安顿好老人,抛妻别子走出乡关,到那些不是故乡的地方去干可能比农活更脏更累的活儿该是多么的不易啊!我是在乡邻走了一拨又一拨之后才离家的。我至今还清楚地记得,那是一个春节刚过的早上,北风凛冽,小雨夹杂着雪花,滴滴答答地飘落着,父母佝偻着身子步履蹒跚地把我送到村头,妻子坚持送我到长途汽车站,依偎在我的身旁喋喋不休地叮咛嘱咐,儿女还在熟睡,他们不知道自己的父亲就要远行。上了车在车门就要关着的一刹那间,我透过车窗玻璃看到妻子模糊瘦弱的身影还站在那里一动也不动地望着临窗而坐的我,汽车开动了,我强忍着泪水不停地在车内向她招手,这场

漂如浮萍

景没有长亭送别的柔情,只有壮士不返的决绝。离家时我背负的仅是装有几件衣服的轻轻行囊,在我漂泊的路上感到是那样沉重,一个在家时可以轻而易举挑起百十斤重担的人,在背起行囊的那一刻身上却有一种重担在肩的感觉。是啊,行囊里除了有几件衣服之外,那里面还有父母的嘱咐,妻子的眼泪和全家人的希冀啊!几年来,我在这里遵章守纪、勤勉工作,像在自己的责任田里除草施肥护理禾苗一样小心翼翼地做着各种活计。日复一日的劳动任务挤满了我的时间,工厂高高的围墙阻隔了我遥望故乡的权利,机械隆隆的响声湮没了我的欢乐,高速运转的机器不仅在打磨着我的棱角,也在磨砺着我的意志。仰仗着年轻力壮,我不怕吃苦和受累,不怕起早贪黑,只想

多干点活,多挣点钱,早日实现漂泊中为自己设定的目标,早日回到父母妻儿的身边。多少个骤雨初歇的黄昏,多少个辗转反侧的夜晚,多少个疲惫郁闷的时候,我禁不住想起了白发爹娘,想起了身小力薄的妻子和顽皮可爱的儿女。父亲为了养活一家老小,在年轻的时候就已经付出了健康的代价,到晚年,他疾病缠身已经基本丧失了劳动能力。母亲为了一家人的生计除了在田野里劳作,还担起了繁重的家务,一日三餐都是她一个人在灶台前转来转去,淘米洗菜,生火做饭,刷锅洗碗累弯了她的身板。她亲手点燃的炊烟不仅熏黑了房舍,也熏黑了她的面颊,年轻时一双如棉的手在拉扯我们兄弟长大后也变得像冬日的树皮一样干涩粗糙,这些年她身体大不如前,真有些油尽灯枯的感觉。儿女虽然已经入学,但山乡的学校不比城市,故乡距学校两公里远,干天路响的时候村里的小学生结伴而行,遇到雨雪天气没人接送,几岁的孩子能挺得住吗?每次我扪心自问的时候,就觉得茫然无措,不知如何回答,只有在心中默默地祈祷,祈祷苍天有眼,能够眷顾这样的弱势群体,祈祷我的家人平安。其实家人和游子的想法是一样的,他们时时刻刻都在为漂泊者祝福,他们朝朝暮暮都在倚闾盼人归,都在向着游子漂泊的地方眺望,真是望穿秋水,望眼欲穿啊!他们对游子从来也没有腰缠万贯、衣锦还乡的要求,只指望他靠诚实的劳动挣些小钱平安归来,养家糊口,共享天伦。

  我深知故乡故土、故园和骨肉亲情已经融入我的血脉,长入我的肌肉,我生命的电波不能中断同故乡的联系,我的身体只有不断地注入来自故乡的元素,才能充满活力和朝气。外面的世界很大,外面的世界很美,漂泊的经历更新了我的观念,开阔了我的视野,增长了我的见识,也增长了我的本领。他乡虽好不是故乡,故乡再穷永不能忘。我要选择归去,去尽我的天职,去建设我可爱的故乡。

# 故乡是根

故乡是一棵参天大树,游子就是这棵大树上的枝叶,游子只有扎根故乡,才能源源不断地吸收来自故土的营养,旺盛地生长。多少年来,我每次回乡都有一种根植沃土的感觉,那感觉是滋润的、温暖的、舒适的。

我的根在故乡的老屋。这些年随着农村经济的发展,家庭经济条件的改善,故乡的老房子大多被扒掉了,原址上都建起了平房或小楼,房子的建筑面积大了,院子也拓展得更宽敞亮堂了,高高的门楼、林立的围墙在张扬着主人的虚荣和富足。个别没有被扒的老屋依然坚守在小村的土地上,老屋就像故乡的老人见证着故乡苦难的过去,诉说着故乡人走过的风雨历程,诠释着故乡的精神;老屋送走了岁月,送走了游子,送走了一代代倒在它怀抱里的白发人。对故乡人而言,老屋是一艘船,它装满了故乡人的梦想,护佑着故乡人在风雨中破浪前行;老屋是一座庙,这庙里供奉着故乡的先人和故乡的灵魂;老屋是

故乡老树

一座碑,刻录有故乡人心酸家史的碑,这碑立在故乡人的宅基,立在故乡人的心中。老屋是有温度的,寒冷时她给我温暖,炎热时她使我凉爽,她的温度是孩子在被窝里的温度,是母亲的温度;老屋是有记忆的,我童年时的欢乐、饥饿时的痛苦、委屈时的泪水、读书后的梦想都记在了她深深的地基和宽厚的墙体里;老屋是有信息的,父亲疲惫时的鼾声、母亲难为无米之炊的叹息、红薯饭的清香、猪羊粪便的臊臭都留在了老屋的墙角和屋檐。老屋的信息和我生命的信息是相通的,我生在故乡的老屋,长在故乡的老屋,身上早已打上了老屋的记忆,无论漂泊到哪里,老屋都在张望着我,老屋是我生命的加油站,是我肉体的保健院,是我可以安放灵魂的圣殿。

　　我的根在故乡的山岗。故乡的山岗像高大的卫士一样站在小村的身旁,山岗牵手小村,看护着小村,是小村一代代人的生命屏障。早晨,她拨开迷雾迎来地平线上的第一缕阳光;傍晚,她看夕阳西下,小村人收工,牛羊下山。冬天里她为小村挡着呼啸的风,夏天里她为小村提供久违的凉,秋天里她为小村送去清新的爽,春天里她为小村带去融融的暖。山岗看着小村膨胀了一圈又一圈,小村的年轮里融入山岗的深沉厚重和坚强。数年前,我挣脱了故乡山岗的怀抱,漂泊在一个又一个远离山岗的地方,为了工作为了生计,白天的忙碌使我把故乡暂时搁放,到了晚上,我无数次站在高楼,推开窗户眺望故乡的山岗,心若长了翅膀,林立的建筑就挡不着远望的目光。我知道脚下的城市是别人的城市,那山岗边的小村才是我的故乡,城市的噪音遮不住小村对我的呐喊,城市的霓虹灯没有小村为我点燃的照亮我回家路的灯更亮,城市的财富买不起我家乡的精神,城市的大楼再高也高不过我故乡的山岗。我知道故乡的庄稼不能种在城市的土地,故乡山岗的小草不能在城市的混凝土生长,来自故乡的游子是城市的保姆,待城市长大,保姆还回故乡。望故乡望山岗,在故乡的山岗上我丢下许多年少时美好的时光。我在故乡的山岗上学会了劳动,那年头不但要有吃的,还得有烧的,所谓断炊是指既没粮吃,又没柴烧的情形。所以在故乡人看来,柴火和粮食同等重要,在干农活之余,大人要拾柴,学龄前儿童或是在校学生放罢学都要拾柴。山岗上有林有草,有取之不尽用之不竭的柴火来源,拿着挖铲,带着箩筐我和同村的小孩儿们在入学前都开始到山岗拾柴了,虽然身小力薄,拾柴又不得法,但看父母整天在田野里起早贪黑地干活,家中一日三餐都要烧柴,幼小的心里就有一些为家分忧的想法,所以就自觉到山岗上拾些柴火。体力劳动对小孩儿来说是陌生的,但拾柴的劲头还是有的,劳动态度还是端正的,记得我当时每天拾柴的数量完全满足了家里生火做饭的需要,有时还能剩余一些柴火,这也使我有了些成就感,为此我还曾多次受到过父母的表扬。为了生计,我还到山岗上捡过蘑菇、地皮菜,挖过一些野菜和中草药。捡蘑菇和地皮菜还要看季节和时机,夏季天气高温多雨,山岗上枯枝腐叶厚厚的一层覆盖着地皮,这是菌类生长的温床,雨过天晴之后,蘑菇和地皮菜都慢慢从地上露出头来,采蘑菇宜早不宜晚,小蘑菇富含营养,味道最为鲜美,蘑菇长大也就老了,吃起来口感也不好。蘑菇虽好,也不是一律可采,因为凡是长蘑菇的地方都伴生有毒蘑菇,毒蘑菇吃下是会毒死人的。故乡人诙谐地说蘑菇和人一样,凡是色彩过于妖艳的都不是好东西。我记着了这些话,能够甄别好坏,所以也从未错采过蘑菇。在山岗上所有的劳动活动中,我认为最轻松的还是放牛放羊,那时候牛羊都是生产队集中放养,大人们忙得不可开交的时候,小孩子就充当了牧童的角色。牛羊都很温顺,可以牵着放也可以撒开放,山岗上没有耕地不种庄稼,岗坡上野草丰茂空旷开阔,牵着放牧,牛羊不自由,人也不自由,所以在我放牧的经历中都是撒开放的。撒开以后,牛羊在岗坡上追逐、选择着它爱吃的野草,牧童在牛羊附近自由自在地玩耍,上面蓝天澄静,白云朵朵,老鹰在空中盘旋,小鸟在林间歌唱,虫子在野草中争鸣,蚂蚱在脚下乱飞,牛羊哞咩,山风和畅,林涛阵阵,童歌声声,这场景是天地人畜和万物和谐共生共处的画卷,这经历虽然已经过去几十年了,但每每忆起心中都有一种乐融融、美滋滋的感觉。

我的根在故乡的田野。故乡的田野是我童年的乐园,也是我劳动的场所。阳春三月,草木疯长,鲜花盛开,大地升发着阳气,万物散发着生机,我和小伙伴们赤脚跑进田野,在牛把式新犁的地块里撒欢、奔跑、翻跟头、摔跤、做游戏,玩的过程中,头上跌个疙瘩,胳膊腿跌破皮是常有的,那时孩子们谁都不嫌痛,谁都没有哭,谁都不害怕。农村的孩子像庄稼和野草一样在土里生土里长,他们不是爸不疼娘不爱,而是没有条件享受疼爱,他们只能像弱小的野花一样把根深深地扎进泥土,慢慢地吸收大地的营养,在与风霜雪雨的搏击中积蓄奋发向上的力量,在物竞天择适者生存的规则下,接受着一次次残酷的检验与淘汰,然后顽强地生长,顽强地开出碎小的花,顽强地散发出芬芳的香。田野里的活计,既有劳动强度又有技术含量,平常都是大人们干的,孩子们在地里干活主要是夏收和秋收的时节,收庄稼是农村最忙的时候,劳动力抢收庄稼,不可能收得十分干净,为了做到颗粒归仓,生产队就组织小孩们到刚收割了的地里拾庄稼。我们一垄一垄地拾,一遍一遍地捡,按照生产队里的要求,把丢掉在庄稼地里的粮食收捡干净。这种劳动挣不了多少工分,但它培养了我热爱劳动的意识,养成了我热爱集体的观念,也使我领悟了粒粒皆辛苦的寓意。现在的小孩子好多不知道在田野里犁地整地、播种施肥、管理收获等环节的情况,只知道米面好吃而不知其生产的过程和艰辛,真的是"四体不勤五谷不分"了,他们太需要补上这一课了。

我庆幸在幼小的时候把根扎入了故乡的泥土,庆幸在故乡泥土里滚了一身泥巴,庆幸自己在故乡的泥土里练就了一副像土石一样宽厚结实的身板。其实人和植物一样,都是要有根的,一个人如果没有根,在历史的长河里就是一叶可怜的浮萍,很快就会被浪花卷走。我们的民族历来重视根文化的教育、传承和弘扬,我们对自己根在哪里,根从何来,应当有清醒的认知。只有知道了我从哪里来,才能回答我到哪里去,我想这不是高深的哲学问题,而是具体的历史和现实问题,理清这个问题对于增强我们民族的自豪感和自信心颇有意义,对于增加我们民族的凝聚力和向心力也大有益处,对于实现我们民族伟大复兴的中国梦也会更加给力。

历史上华夏儿女因为有根的概念,中华民族一次次战胜艰危,走向胜利。辛亥革命前,在孙中山先生"驱逐鞑虏,恢复中华,创立民国,平均地权"的感召下,有多少爱国华侨为革命捐款捐物,有多少爱国华侨放弃了优裕的生活,毅然决然地回国,加入到推翻帝制的队伍。在中华民族面临亡国灭种的紧要关头，又有大批爱国华侨毁家纾难，舍身投入到抗日的洪流，他们根在中华，心系祖国，他们用鲜血和生命诠释了绿叶对根的情谊。其实根的意义就是对生养我土地的依恋，对自己祖先的归属，对我们多民族大家庭的热爱和维护。知道我们的根并不是一定要弄清楚我们家族中的远祖是谁，而是要承认元谋猿人、蓝田猿人、周口店人和炎黄二帝就是我们的祖先，我们都是他们的子孙，这是最基本的。然后，我们要不忘祖先，敬畏祖先，传承祖先的血脉，光大祖先的精神和文化，把祖先未竟的事业做好，这就够了。

# 乡音如歌

参加工作以后,我远离了故乡,远离了故乡的亲人,也远离了令我魂牵梦绕的乡音。偶尔接到一个来自故乡的电话,听到带有故乡泥土和山风气息的乡音,让我感到亲切和温暖。

乡音如歌,一首原生态的歌。乡音最大的特点是其显著的地域性和原创性。它既是故乡先人的声音,也是故乡草木的声音,它带着历史深处深沉厚重的回声,交织着大风骤起黄土飞扬的高亢、粗犷、畅达的声响和故乡小河清脆悦耳的水声。一方水土养一方人,故乡婴儿脱离母体的第一声啼哭,故乡女人说话像吵架一样的声音,故乡男人在田野里挥汗如雨劳动时的叹息,故乡人高低音此起彼伏的劳动号子,故乡爷爷奶奶、父亲母亲对子子孙孙说不完的唠叨永远是最美的乡音;故乡猪马牛羊、鸡鸭鹅的叫喊,故乡虫鸣鸟叫、蛙声唱晚,故乡的猫吟犬吠和故乡雨滴雪落的声音都是生动的、原生态的乡音。历史学家说,人类社会可以传承的东西只有血脉和文化。是的,我们的血管里流淌着祖先的血液,我们口口相传的是祖先创造和使用的语言。从继承的意义上说,乡音就是最原始、最纯粹的文化。乡音是故乡人从内心深处淙淙流淌出来的心灵的声音,就像山涧的泉水,它从大山母体中涌出,缓缓地流动,轻轻地发声,流动得那样自然,发声那样原始,那样动听,掬一捧含在嘴里是那样温润、那样甜美。有人曾做过有趣的研究,妇女在生产过程中,无论在何时何地,当一次次阵痛来袭的时候,她们都禁不住使用乡音来宣泄痛苦和情感。而人在表达亢奋和欢乐的时候,所使用的语言也是乡音。这说明人们在最急于表达、最需要表达的时候,都会不加选择地使用乡音。因为言为心声,乡音最便捷、最真实、最准确,它没有矫揉造作,更没半点虚假。

乡音如歌,一首怀旧的歌。童年在故乡的生活清苦、简单、快乐。虽然距现在已经几十年了,但许多事情历历在目,许多声音犹在耳边。那时,故乡人见面打招呼时说的第一句话就是:"你吃饭没有?"这句话是那个年代出现频率最高的乡音,它带有浓重的时代色彩,包含有丰富的生活信息。民以食为天,吃饱肚子,维持生命个体所需要的基本能量是硬道理。恰恰是在那个年代,衣食时有不足,人们认为每天能吃饱肚子就是莫大的快事,吃不饱肚子就是摊上了大事。单身汉一个人吃饱全家不饿,上有老下有小、得养家糊口的人,不管自己是否吃饱,也得考虑让全家人吃饱。这在现在看来是极其简单的事情,而在那时却不是一般人能轻而易举做得到的。我们家虽然人不算多,负担不重,但每到春天青黄不接的时候,也有缺粮断炊的隐忧。我当时虽然不大懂事,但每每看到母亲在做饭的时候有不悦的表情,听到她低声的叹息,就有一种恐慌的感觉,好像是下锅的米面已经短缺。这低声的叹息是母亲在那个年代特殊的乡音,这乡音让我时时忆起,时时自警,时时自励,这乡音带着历史的记忆、浓浓的苦涩、淡淡的乡愁,真是此处无声胜有声啊。家里口粮不足的时候只有靠国家的统销粮和向亲戚邻居借粮来弥补。好在是春天气温已经升高,春雨一润,山岗上、田野里的各种野菜都疯长出了地皮,这对农家来说真是雪里送炭。我至今还记得十余种野菜的形状和名称,荠荠菜、毛妮菜、饼子菜、鸡冠菜、灰灰菜、马齿菜、野油菜等,都是我当时常挖的野菜。因为大人们都要参加生产队里的劳动,所以挖野菜的事也只好由小孩子承担。我有时是在放学回家的路上挖一些,有时是把书包放到家里后,再提着筐子拿着锅铲到野菜生长比较集中的田野山岗去挖,挖满筐后回到家里,母亲很仔细地把野菜择择、洗洗就下锅了。野菜有多种吃法,可以蒸蒸吃,炒炒吃,洗净放到面条锅里煮熟吃。毕竟是"饱了臭饿了香"啊,好多野菜我都觉得很好吃,有时刚品出点香味就下肚了,看来"家菜没有野菜香"还是有几分道理的。故乡的野菜啊,你就是故乡人的亲人,在那样的岁月,在故乡青黄不接的时候,你凝聚着天地正气、日月精华、人间大爱,亲切地向乡亲们走来,你舍己为人的奉献精神是故乡人永远也歌颂不完的。

  乡音如歌,一首充满力量的歌。乡音是富有力量的,在战争年代,乡音高扬着正义,凝聚着力量,迸发出激情,像战鼓一样催人奋进。在中华民族面临亡国灭种的危急关头,无数优秀的中华儿女就是唱着《义勇军进行曲》《黄河大合唱》义无反顾地走上了抗日的战场,他们团结一致,携手杀敌,经过浴血奋战,终于彻底战胜了侵略者,保卫了家园,取得了反法西斯战争的伟大胜利。于是,《义勇军进行曲》《黄河大合唱》成为中华民族共同的乡音,成为激励我们攻坚克难、走向胜利的永远的战歌,成为激荡在中华儿女心中的永远的乡音。1949年10月1日,毛泽东主席在天安门城楼上也是用湖南韶山冲的乡音向全世界庄严宣告中华人民共和国中央人民政府成立了!中国人民从此站起来了!这乡音凝聚着我们民族的力量,响彻寰宇,催人奋进,这乡音已经铭刻在了每一位炎黄子孙的心中,这乡音也被永远写在了中华民族伟大复兴的史册上。而现在,在故乡,尤其是农村实行家庭联产承包责任制以后,故乡人沐浴着改革开放的春风,以乡音传递着乡情,以乡音感召八方,以乡音集聚着力量,故乡的游子和故乡人一起走上了脱贫致富奔小康的道路。乡音为故乡插上了腾飞的翅膀,农业机械取代了铁犁牛耕,高高的楼房瓦舍取代了低矮的茅屋草房,宽敞的"村村通"取代了泥泞的小路。故乡人也把富足舒适和如意写在了脸上。故乡的变化是可喜的,但是有一种东西是不能变也是不会变的,那就是乡音。永远的乡音,乡音如歌,如歌乡音。

# 漂泊之美

　　为了梦想和希望，背负起轻轻的行囊，担当起该担当的责任，勇敢地走向外面的世界，带着行走江湖的豪气和探寻生活真谛的执着，让生命从原点上画出无数条射线，使我们的人生更加丰富多彩。

　　漂泊是人生的必然。从中国奴隶社会的井田制开始，统治阶级就想方设法把奴隶限制在其划定的土地上劳动和生活。在中国漫长的封建社会制度下，统治者进一步约束了人们的生活空间，儒家的思想文化影响了一代又一代人，纲常礼教、君臣父子的伦理关系让人们各就各位，各得其所。统治者怕农民离开土地，演变成流民走向社会流窜生事，他们奖励农耕，限制其他产业，培养农民对土地的感情，教化农民在自己的土地上安分守己，安身立命，使农民对土地产生信仰和依赖。产生于自给自足的自然经济基础之上的小农经济意识不断强化，农民的思想变得僵化、保守。而现在社会交通四通八达，信息交流十分便捷，各种产业经济，各种经济要素与外部世界有着千丝万缕的联系，任何单一的经济板块都不可能孤立地成长发育。人们的工作和生活也无一不受外部世界的影响，在这种社会大背景下，作为社会活动主体的人肯定不能闭关自守、自我封闭。只有不断地走出去，主动和外面的世界沟通交流互动，才能登高望远，拓宽视野，更新观念，增长见识，提高自我，才能使我们工作生活得更好一些。常言道，人挪活树挪死，一个人要想得到更好的发展，就应该到外面的世界去闯一闯、试一试。换一个视角看世界，换一个角度看问题，理性地看待发展变化的事物和社会万象，调整自身发展战略，在自我和外部世界的接触中寻找更多的契合点,这样可能会有更多的机会,更好的人脉,更有利的发展环境。

**漂泊之美**

  漂泊是人生的勇气。其实人都有好奇的心理,漂泊的愿望,人往往缺少的不是好的思路和想法,而是果敢的决心和行为。在山沟里居住的农民爬上山坡放牧、拾柴、眺望远方的时候,可能会下意识地设问城里人都在干啥,外面的世界是什么样子;没出过门的山村小伙可能想见识一下火车和轮船哪个跑得更快,这些看似好奇的心理活动都是可贵的漂泊的原动力,有了这些动力,再添加几分勇气,就可以实现漂泊和发现的壮举。玄奘漂泊西行,风餐露宿,历尽劫难,一次次"踏平坎坷成大道",又一次次"斗罢艰险又出发",终于完成了取经的壮举,成就了宗教文化史上的千古佳话;李白出于对祖国壮美山河的热爱,漂泊于灵山秀水之间,写出了不朽的诗篇;杜甫虽然穷困潦倒,但在"安史之乱"的社会背景下,依然关注同情人民的疾苦,漂泊于城乡之间,用诗词记录了人民的苦难,鞭挞了社会的黑暗;哥伦布在大洋漂泊发现了新大陆;麦哲伦远涉重洋,绕地球航行一周证明了地球的形状。人类社会许多伟大的发现和进步都与勇者的漂泊有关,人类的祖先因为在山川之间不停地奔走、漂泊流浪,才得以趋利避害,勉强维持饥寒交迫的生活,才能在顺应自然、改造自然、利用自然的过程中生存繁衍下来。我们现在居住的老家、新家无一不是漂泊的结果,每一个家庭如果往前追溯三百年、五百年,有几人能说清家在何处?其实故乡只是我们的祖先在漫长漂泊过程中的最后一站。因为有爷爷奶奶生活在那个地方,安葬在那个地方,所以我们叫它"故乡",因为有爸爸妈妈居住在那个地方,所以我们叫它"老家",因为从小跟着爸爸妈妈生长在那个地方,所以我们对"老家"有着美好的记忆。若是上两代亲人都不在了,兄弟姐妹都成家立业另立门户了,这回家的责任和兴趣自然就少了。其实不在你回家多少,主要的是你要把"家"装在心里,不管漂泊到哪里都要带着对家乡的感情,记着家乡的人们,为家乡的发展尽一份力量。古人云:"读万卷书行万里路。"依我看这行万里路可能比读万卷书更为重要,一个人如果读死书,死读书,遇事问本本有什么好处?那纸上谈兵的赵括、马谡,不仅害了自己也害了别人。孟子说,尽信书不如不读书,真乃至理也。行万里路,在路途上多用些心思,便可体味"世事洞明皆学问,人情练达即文章"的妙义。当然,读万卷书和行万里路只能统一不能对立,否则就是形而上学。这里需要说明的是,古人行路和现在人行路是不一样的,现在人坐上飞机高铁,一日千里,连走马观花也算不上。而古人牵一匹瘦马,带一个书童,或者是背上行囊,装一双碗筷,拿一节打狗棍,行走于乡野,吃百家饭,穿百家衣,那才是真正的行路和漂泊。

漂泊的人生最美丽,不管生于何处,不管贫穷富裕,如果人这一生不出三门四户,只活动于自己熟悉的狭小天地,不仅人生没有色彩,而且也不会有什么出息。山泉只有流入江河,才会有咆哮奔腾的旅程,才会有激越浩荡波澜壮阔的精彩。"孩儿立志出乡关,学不成名誓不还。埋骨何须桑梓地,人生无处不青山。"这是一代伟人的志向。一个有追求的人不会沉湎于儿女情长和安乐窝的温暖,他要胸怀全局,兼济天下,既要有默默无闻、恪尽职守的责任感,又要有担当起家国的使命感,既要有闯荡天下的豪情,又要有扎扎实实的奉献,既要从大处着眼,又要从小处着手。只有这样才能为实现我们伟大民族复兴的中国梦做出贡献。就现实社会来讲,农民要向城市漂泊,让农民去体味城市的快捷与方便、竞争的激烈与压力、城市的热闹与喧嚣、生活的丰富与多彩,让农村认识城市、理解城市、支持城市。城市人要走向广袤的原野去感知农村滞后的交通、闭塞的环境、保守的观念、缺医少药的状况、落后的教育、缺少文化娱乐和尚不富裕的生活，增加城市对农村的同情帮扶和关爱。

忙碌之余，我们还要学会休息。列宁说，不会休息的人，就不会工作。要拿出业余时间回归自然，去寻找生命诞生之地的原动力，投入山川的怀抱，享受大山深处的拙朴之美。看高山巍峨，听泉水叮咚，观花开花落。躺在如茵的草坪上，感受小草和这平凡世界的温柔、善良和力量，望蓝天白云感悟高天的博大和空灵，看鹰击长空、小鸟盘旋，去想象飞翔的力量和自由自在之美。在静美的山川，以自己心灵深处的声音和高山对话，和着流水歌唱，听古人教诲，让山风拂去我们身上沾染的来自红尘世界的灰污，使我们的心灵得到净化，灵魂得到升华，这是何等的美妙啊！

2008年诺贝尔文学奖得主法国作家勒·克莱齐奥说过："离去和漂泊都是回家的一种方式。"漂泊没有起点也没有终点，让我们在漂泊中发现，在漂泊中创造，在漂泊中享受，在漂泊中领悟人生的真谛。

# 远去的耕牛

耕牛和我们的祖先一起创造了辉煌的农耕文明。在广袤的乡村,铁犁牛耕、田园牧歌、自给自足、怡然自乐的生活方式给我们留下了美好的记忆。但是,随着社会的发展,进入21世纪后耕牛已渐渐淡出了人们的视野,这虽然是历史的必然,但在感情上又有些难以割舍。回到故乡,走在田间地头,时有怅然若失之感。

耕牛是庄稼人的好伙伴。在上一个世纪的农村,特别是实行联产承包责任制以来,农业生产的每一个环节基本上都得有耕牛参与,生产队里耕牛的多少,体格的大小,力气的强弱代表着一个生产队生产力的水平。一年四季,几项重要的农事活动中,耕牛和劳动力这两个要素都起着决定性作用。春节刚过,春回大地,气温升高,沉湎于过年氛围中的庄户人已经在布谷鸟的叫声中醒来,一年当中最重要的农事活动春耕就要开始了。"九九加一九,耕牛遍地走"说的就是耕

春耕

牛在春天的田野里忙碌的景象,这时节,耕牛和农家一起起早贪黑,早出晚归,满负荷地在田地里劳作。按照农业生产的要求,春耕前要施足底肥,然后趁墒犁地、趁墒耙地、趁墒播种,春耕的质量影响着春播,春播的质量又决定着秋收的好坏,古诗云,"春种一粒粟,秋收万颗子",岂知要真的做到"秋收万颗子"对农家来说是何其难啊!这里面既需要人畜努力又需要天地照应,当然人畜作用的发挥是基础。由于高强度劳动透支了人力畜力,所以在劳动力吃饱吃好的同时也要在喂养耕牛时多加一些大豆来补充营养,以保障耕牛在春耕时不掉膘有力气。一年四季,寒来暑往,农事轮回,耕牛就是这样和农家一起默默地耕耘、默默地奉献、默默地守望,它大爱而无言,大德不求言谢,大恩不图回报。庄户人把耕牛看作是自己家庭的一员,他们心疼耕牛,呵护耕牛,精心地照料耕牛。耕牛和我们的祖先一起栉风沐雨,从远古走来,一起走过高山,走过原野,走过田园,走到就要完成历史使命的今天。祖祖辈辈的故乡人感念着耕牛。他们知道,自己端起的饭碗里有一半是来自耕牛的奉献,故乡人活在耕牛的生活里,耕牛活在故乡人的记忆里。

耕牛是故乡的风景。故乡在浅山丘陵区,这里家家户户都有饲养牲畜的传统。子孙满堂,六畜兴旺,风调雨顺,五谷丰登是故乡人梦寐以求的理想。"二十亩地,一犋牛,屋里坐个剪发头(媳妇)"是故乡人追求的美好的生活状态。耕牛作为六畜之首,在山村农家的经济收入中也占有相当比重,山区荒山荒坡面积大,草场多,河流纵横,水草丰茂,绿水长流,这客观上为养牛提供了得天独厚的自然条件。牛性情温顺,可粗放型饲养,庄稼人都有一定的养牛技术,从古至今山村人的养牛热情一直很高,一头牛比一小群猪羊的价值还要高。牛农忙时服务农业生产,需用钱的时候又可牵到集市上卖钱,山里人建房子、娶媳妇都是以几头牛为后盾的,在山区衡量一家人经济条件的好坏,首先是看养牛的多少。山村农家如果不养牛或养牛很少就是贫困和懒惰的象征,农家如果养牛多,并且养的膘肥体壮,那也是农家治家理事水平的展示。

农家认为牛是吉祥的动物,养牛就是迎吉纳福,就能讨好的彩头,门外若是拴两头高大的黄牛,则百邪不侵。过去在农村有狼吃猪叼羊的,从来没有听说狼敢伤牛的,狼若是被牛撞上,牛的两支尖角只要用力一顶,狼可能就没命了。我们看电视上的《动物世界》栏目,在非洲大草原上,一只狮子也奈何不了一头野牛。另外,我们平时常说的"牛气""牛市"所代表的都是强旺上升的气势。这些寓意都是山里人家所孜孜以求的,所以在有些富裕的山区,你深入小村就会发现耕牛成群,牛比人多,这是山村特有的风景,也是山村兴旺发达的景象。养这么多牛,主要靠在野外放养,春季气温虽然慢慢升高,但小草才长出浅浅嫩芽,这时在中原和北方山野还不太适合放牧,杜牧诗云:"清明时节雨纷纷,路上行人欲断魂。借问酒家何处有,牧童遥指杏花村。"依我看这诗所写清明时节孩童放牧之情形可能是江南景象,若指山西杏花村一带,这牧童放牛肯定是早了一些。

到了夏天,阳光灿烂,野草丛生,溪流潺潺,山坡上、溪水边牛羊成群,牧童围着牛群转,牛羊寻着野草走,野草、牛群和牧童组成了"三位一体"的动态景观。到了下午,吃饱了肚子的黄牛奔跑、撒欢、哞哞乱叫,有的公牛在追逐着母牛,有的母牛在卖弄着风情,孩童们追赶着牛群,牧歌声声,山风阵阵,牧歌随着山风传向山村,传向远方,传向孩子们向往的世界。平日里静默的山谷因牧童和牛羊而生动,大山醒了,白云飘了,涧水唱了,虫儿鸣了,鸟儿叫了,山坡年轻了,山野最好的风景季到来了。

牧童迎着日出赶牛羊上山,伴着晚霞陪牛羊进村,傍晚时分,小村庄炊烟升起,庄稼人收工,牛羊在村中欢叫,牛群和羊群交织在一起,牛犊和羊娃追逐着母亲,牧童在驱赶着属于自己的牛羊,小村热闹了,小村沸腾了。

农业机械取代了耕牛,但不能磨灭耕牛对农民、农村和农业的贡献,不能取代故乡人对耕牛的感情,更不能取代故乡人养牛的热情,故乡人和耕牛生生不息,不离不弃。

# 清 明 雨

清明时节,我携家人冒雨回到故乡,没进家门便直接来到母亲长眠的山坡,来到母亲的墓前。时间过得好快,屈指算来,这已是母亲离开我的第六个年头,六年来,两千多个日日夜夜,我无时无刻不在思念母亲。但是睡梦中却很少见到母亲,人们说老人辞世,如果牵挂子女就会给子女托梦,在梦中和子女相见,在梦中和子女说话,我也期待着这样的场景出现,我天天入睡,几乎夜夜有梦,但所期所待真的很少出现。我在想是不是母亲认为儿女已经长大,已经懂事,已经能够照顾自己,就不需要她老人家牵挂了呢?是不是母亲依然像在阳间一样忙碌劳累顾不上牵挂儿女了呢?是不是母亲嫌儿女不孝就这样决绝地远去,从此不再搭理子女和子女恩断义绝了呢?我想到这里,不禁身感凄凉心生惶恐,这些猜想可能对,可能又不对,说它对是因为有对的理由,说它不对是因为没有验证也无法验证。但我最终认为自己的这些无聊的猜想都是以小人之心度君子之腹,以母亲伟大的人格、宽宏的肚量、博爱的情怀,生前就不和别人计较鸡毛蒜皮的事情,去世后又怎么会跟自己的子女计较呢。

中国人讲事死如事生,我买了些火纸,又买了些母亲生前爱吃的蛋糕水果之类的祭品,毕恭毕敬小心翼翼地把它们摆在母亲的坟前,随着打火机火苗的生起,一张张火纸被点燃,在寂静、肃穆的气氛中我全神贯注地看着它燃烧,纸灰随着火头缓缓升起,又轻轻落下,落在母亲的坟头,落在母亲坟上的杂草中,落在我的头上身上。这一刻我的第六感官告诉我,母亲离我是那么的远又那么近,远是因为母亲的在天之灵在九霄之上,近是因为母亲对她的骨肉、她的儿女不嫌不弃,她又回到了儿女的面前,在母亲离开我的日子里,唯有此刻母亲离我最近,最容易沟通。母亲啊,您生前生活节俭,日子清苦,在我年幼咱家最困难的时候,您不知多少次节衣缩食;在我上学缴不起学费、书费和杂费的时候,我一次次央求您说不上学了,您一次次黯然神伤后又一次次为我舍脸面求人借钱凑钱;在青黄不接的时候,您说您曾为多要几斤统销粮和生产队干部争得面红耳赤,您曾说您自己可以忍饥挨饿,可是您不能看着儿女吃不饱肚子。生前您不曾有过多少有钱的日子,一次次赶集您几乎都是空手而归,街上不是没有您要买的东西,而是您嫌贵舍不得花钱。钱在您那里只是一个名词、一个符号、一种传说,您几乎不懂钱、不挣钱、不用钱。母亲,如果这燃烧的火纸在您那里真的能当钱,您就默默地把它收起,阔绰地使用它吧。您到了另一个世界,一个人独处荒山野岭,生活多有不便,儿女又不能照顾,您一定要善待自己,唯有如此,儿女才能心安啊!母亲,您晚年牙齿松动,说蛋糕好咬,我当时买了,看着您吃得好香,您生病喝中药后嘴苦,说想吃苹果,但只吃了半个。这次蛋糕和苹果都敬上了,您就再吃一些吧。

在火纸就要燃完的时候,我怀着崇敬和负罪的心情,庄重地面向母亲脚头叩了三个头,我叩头叩得谨慎而认真,几乎能听到自己叩头的响声,额头上沾了些枯草的碎叶也没有擦去。清明的细雨和着泪滴从我的脸颊吧嗒吧嗒落在母亲的脚下,我长跪不起,默默地祈祷、忏悔、祝福。妈,您生前喜静,尤其是到了晚年,由于身体的原因常常在轮椅上一坐半天,一言不发,年轻时多么喜欢小孩儿的您到了晚年也容不得小孩在您身边吵闹,我知道那是您病了累了,心情不好需要休息。所以遵照您的遗愿,孩儿把您安排在这青山绿水之间,您虽在冰冷的墓穴,但您头枕的是山,脚蹬的是山,手扶的也是山,您脚下有绿水潺潺流淌,青山环抱着您,绿水缠绕着您。这里春天有鸟语花香,夏天有绿荫遮阳,秋天有野果芬芳,冬天有高山把寒风遮挡。妈,天作罗帐地作毯,日月星辰伴您眠,您不是孤魂野鬼,您就好好地安息吧。

天地啊,我的母亲是一个普通的农妇,她生前吃苦受难,积德修行,在家她缝缝补补穿针引线,洗衣做饭;在外她耕作种田、除草施肥、收割庄稼样样都不曾懈怠,作为一个农妇她已经尽到了您所赋予的天职,她是平凡的又是伟大的,请您接纳她、护佑她。

群山啊,母亲坚忍厚重,历经风雨。在那寒冷的岁月,她像油灯一样燃烧了自己,温暖了家庭,以微弱的光照亮了儿女的心灵,照亮了儿女求知的路、人生的路。在她去世后,还要以她瘦弱的躯体归于山野,来增加您的高度,她是最有资格与您为伍的人,因为她的品格也像您一样巍峨高耸。满山的草树啊,母亲在人生的终点,以血肉之躯奉献于您,您当下的绿叶和花香不正是母亲曾经的容颜吗?您的生生不息,茁壮成长不正是母亲曾经的生命力量吗?您的绿草如茵、林海无际不正是母亲生命的另一种存在形态吗?您屹立不倒伟岸挺拔的身姿不正是母亲生命的丰碑吗?

妈妈啊,我向您忏悔,忏悔我枉为人子,没有尽到孝敬您的责任。记得在您人生的最后几年,我每次回去都以"忙"搪塞您,您反问我:"你都恁忙?你都恁忙?"这是质问,是怀疑,更是责怪。"忙"于我而言,只是虚假的狡辩,虚伪的代称。作为公职人员,拿着国家的俸禄,负担着单位、家庭和社会的责任,何人不忙?但要看望自己的老母,尽为人子的法定责任和义务,怎能用一个"忙"字搪塞。人若稍有孝心,想看望老人有一百个理由,有一百种办法,若无孝意,只用一句官话,一个"忙"字就可以把老人打发,我分明属于后者。妈,常言说生儿养女防备老,你生养我何用?难道就是为了赢得这简单的一跪?难道就是为了听我这言不由衷的官话?您含辛茹苦,省吃俭用让我学文化、懂道理,可到如今我连基本的责任义务都没有尽到,您教我上学何用?为了咱这个家门庭不倒,为了能把孩子养大成人,为了儿女们能体面地站在人前,过上有尊严的生活,您牺牲了一切,奉献了一切。您的这种甘于牺牲、甘于奉献而又不求回报的大德怎么能成为我不感恩的理由呢?您的伟大包容了我的渺小,您的伟大也在感染着我、召唤着我。今天在您面前,在沉重的忏悔心绪中,在冷冷的清明雨洗礼之后,我顿感清醒了许多,长大了许多。人们常说有几件事是不能等的,其中孝老就是第一件不能等的事情,作为儿女,家有老人可尽孝,那是莫大的幸福、莫大的荣光、莫大的天伦之乐。百善孝为先,尽孝就是遵守天理国法,尽孝就是弘扬传统文化,尽孝就是最好的修行。愿普天下的母亲幸福、健康、长寿,祝愿我的母亲与苍松翠柏共生,与日月星辰同辉,与青山绿水长存。

离开母亲的墓地,雨水已经淋湿了衣裤,一阵阵山风吹来,我不禁打起了寒颤,身上有了些凉意,这种凉是悲凉的情绪催生的,是失去母爱之后心里之凉,是一种挥之不去的凉。走在陡峭的山坡上,眺望群山泪眼蒙眬,一片苍茫,那山外青山连着脚下的山地正涌动着春的气息、春的力量。俯视山道旁的杂草野花小树,能看得出它们正在清明雨中潜滋暗长。

清明雨啊,淅淅沥沥的清明雨,密密麻麻的清明雨啊,你像针尖一样下在了儿女的身上,下在了儿女的心上;清明雨,不急不慢的清明雨,如丝如雾如梦的清明雨啊,你下得更大更密更猛烈些吧,因为我身上有不孝的罪孽和来自红尘世界的灰污等待着你来冲刷;清明雨,年年岁岁的清明雨,星星点点的清明雨啊,您是儿女泣的血泣的泪。

# 故乡，那长满荒草的庭院

这些年,故乡人在言谈中出现频率最高的两个字就是打工,打工好像成了农民种田之外又一条增收的路子,但是打工的路却是一条风险、挑战和机遇并存的坎坷之路。

中国几千年的封建社会制度和封建思想对人的影响是深远的,封建统治者出于自身统治的需要,千方百计想把农民拴在自己的土地上。他们向农民灌输安贫乐道的思想,培养农民对土地的感情,鼓励农民的农桑活动,使农民对土地产生依赖。农村自给自足的自然经济成了农民的命脉,农民的小农经济意识得到了固化,农民自己认为耕田是自己的天职和看家的本领。他们重农轻商、重农轻工,认为外出做买卖是坑蒙拐骗,经商者是无商不奸,外出谋生是流窜、流浪,是游手好闲。在这种思想的长期影响下,农民对生养自己的家有着全部的寄托。他们说狗不嫌家穷,从骨子里认为故园难舍、故土难离。所以农民外出打工从来也不像有些不懂农民的人所解读的那样轻松和乐意。他们没有对城市生活的向往,没有闯荡天下的豪情,也没有行走江湖的浪漫,有的只是背井离乡的无奈和挣些小钱养家糊口的愿望。

自上个世纪末以来,城市经济发展所导致的用工增加与城市劳动力不足之间的矛盾日益突出。在农村,农业机械的使用提高了劳动效率,节约了劳动力资源,为农民赢得了较多的空闲时间,使农民进城务工成为可能。在社会思想解放的大潮的推动下,农民的商品经济意识、脱贫致富的愿望越来越强,在这种社会大背景下,农村有点力气的年轻男女都先后走出家门,踏上了打工的道路。出于各种原因守在家里的劳动力则被讥讽嘲笑为怕下力、怕吃苦的懒汉懦夫。所以,打工已经成为贫困地区年轻人必须面对的现实问题,也是对他们的挑战和考验。打工者基本上都是在亲戚和同乡掌握了外面的用工信息之后结伴而行,他们中有的是继续承包着土地,种了庄稼,农活忙完就走,庄稼收获的时候再回来。这是一种阶段性的短期的打工;有的在外面有了较为理想的工作,有了较为稳定的收入,基本站稳了脚跟,就把承包的土地转包给他人,全家都到打工地生活,逢年过节也不再回来。家宅无人照看,门锁锈迹斑斑,庭院里长满了荒草,任凭老鼠在屋里打架,小鸟在树上叫喊也不见人迹出现。风雨来时,一阵阵风吹打着房屋,树叶发出沙沙的响声,让人感到萧瑟和凄凉,真有些"风萧萧兮易水寒,壮士一去兮不复返"的决绝。人们应当知道,从古至今打工就不是简单的事情。打工者若是能跟着一个好的老板,有一份适合自己的工作,得到应有的报酬,就算是烧了高香;若是遇到了无良老板,则一系列不良的后果都可能出现,面对这种情况打工者将苦不堪言。客观地说,打工拓宽了农民的视野,促进了城乡信息的交流,冲击了陈旧的、僵化保守的观念,使农民有机会接受一些新思想、新事物。他们从城里带回了开放的意识、先进的技术、创新的思维,在一定程度上增加了家庭收入,助推了农村经济的发展,同时也促进了城市经济和社会事业的进步。过年的时候,你会看到有一辆辆轿车、摩托车陆续开进昔日贫穷落后的村庄,那些过去衣衫褴褛的农民也穿上了名牌服装,用上了好烟好酒,有的还从外面领回了俊俏的媳妇,这些确实让乡村生动和排场了许多。

但是,农民工身在异乡只是一个个漂泊者。他们身在城市却没有城市人的身份和待遇,他们被城里人称作"乡下人"或"外乡人",他们脏兮兮的外表和身上的汗臭味使城里人望而生厌,他们想融入城市却难以被城市接纳,这不能不说是他们的困惑和尴尬。他们挥洒着青春和汗水,失去了自我和自尊,忍受着委屈和泪水,完成着一个个比农活更苦更累更脏的劳动任务,以青春之我建设着青春之城市。他们中间时有因公流血的人、见义勇为的人,也时有被坑被骗的人。他们以农民的勤劳、善良、淳朴、厚道推动着时代的车轮,教化着不良的道德与风气,他们同样是我们民族的脊梁。他们有的夫妻天各一方,有的子女不能相见,多数人家的老人无法赡养;他们感情不能表达,情欲难于宣泄,天伦之乐无法享受。由于夫妻久不见面,严酷的现实在冲击着传统的道德,维系家庭的道德和法律的力量面临着严峻的考验,有的丈夫成了别人的老公,有的妻子成了他人的新娘。工厂里高速运转的机器在磨砺着他们的意志,磨砺着他们的棱角。在故乡,空巢老人和留守儿童承担着本不该他们承担的责任,支撑着残破的家庭。老人佝偻着身子带着孙子,看着门子,打发着日子。白天,你会看到几位老人在村子里晃晃悠悠、东张西望,好像在等待着子女归来;晚上,会在小村深处不时传来几声狗叫,这时你会感到愈发孤寂,仿佛只有老人、孩子和狗见证小村的存在。

长满荒草的庭院

　　孟子说:"老吾老,以及人之老;幼吾幼,以及人之幼;天下可运于掌。"尊老爱幼是中华民族的优良传统,赡养老人、关心教育孩子在任何时候都是天职所在。老人年事已高,体弱多病,生活不便,本身就需要照顾。而现实是子女常年在外打工,家庭"四分五裂",老人平时生活凑凑合合,头痛发热咬牙扛着。他们日日倚间望家人,翘首盼儿女,真是望穿秋水、望眼欲穿。他们心绪悲凉、精神沉重,没指望儿女腰缠万贯,衣锦还乡,只盼着平安归来,共享天伦。古人讲,"父母在不远游",这显然是强调孝老敬老的责任和任务。而现在不仅是子女远游了,而且还长年累月地不能回来。世上有几件事不能等,首要的一件就是孝敬老人不能等。孔子说:"子欲养而亲不待。"这是不能原谅的。千万不能等到老人卧床不起、奄奄一息的时候再回来,到那时会悔之莫及的。当然子女都处在中青年阶段,他们上有老下有小,又承担着繁重的家庭和社会责任,也有太多的无奈。只有解决好社会服务保障问题,才能从根本上解决"空巢老人"的问题。

父母是孩子的第一老师,"养不教,父之过",父母对孩子的抚养、教育责任是不能懈怠、不能替代的。孩子是祖国的未来和希望,家庭和社会都应关心我们下一代的成长。指望爷爷奶奶去隔代管护孩子是没有希望的,一个弱势群体去关照另一个弱势群体只能是雪上加霜。现实生活中,留守儿童监护缺失,得到的关爱不够,缺少温暖,缺乏教育,性格扭曲,甚至走上违法犯罪道路的现象已经成了相当严重的社会问题。严酷的现实已经给我们敲响了警钟。醒悟吧,那些鼠目寸光、只看眼前利益的人们;那些因小失大、舍本求末的行为!让我们迅速行动起来,从现在做起,从每一个家庭做起,以高远的眼光、热忱的态度、温暖的爱心来拯救我们的孩子。

同在蓝天下,共圆一个梦。农民工是共和国大厦的建设者,也是我们的兄弟姐妹,他们同样有着殷殷孝心和儿女情长,但人在天南地北,故乡只在梦里。让我们都献一份爱心,为社会提供更好的保障,使他们的心得以安放、情有所寄托。

# 登山之美

我生长在山区农村,从小就在山里玩耍,在山里劳动,在山里摸爬滚打。练就了爬山的本领,养成了登山的爱好。参加工作以后,虽然远离了故乡,远离了故乡的山水,但爬山的功夫并没有散,登山的习惯也没有丢。工作之余,特别是到了节假日或星期天,还时不时地和家人朋友往山里钻,我觉得自己对山野有一种天然的归属感,有原始的喜爱和本能的向往。

登山是一种需要。作为山里人家,他们一生下来看到的是山,牙牙学语说到的是山,蹒跚学步接触到的还是山。山就是他们的天地,就是他们的世界,也是他们的根。为了生活和生存,他们世世代代,子子孙孙都在山野劳作。日月如梭,人生苦短,山里的老年人有的一辈子也没有走出大山的怀抱。由于地形地貌和地质条件的特殊,山里可耕地很少,且多分布在山坡和山间谷地,地块零碎,土壤贫瘠,离村又远,山里人要耕种土地首先要敢于爬山,学会爬山,而肩负着劳动任务爬山和旅游、健身之类的爬山是不一样的。他们要背着农具,牵着牲口,挑着农家肥,收割的时候还要担着庄稼,这种在山中负重前行的艰辛可想而知。由于山高沟深,路径陡峭,在山间小道摔伤人畜的事情时有发生,有时在爬山途中耗费的时间可能比在地里干活的时间还长,爬山可能比在地里干活更累。山里人光靠种地是不能养家糊口的。除了种地,他们还承包着荒山荒坡,种规模不等的用材林、经济林、薪炭林,家家户户都养有牛羊。山里人养牛羊,喂养的时间很短,一年至少有三个季节要靠人在山中放养。放牧牛羊也是有讲究的,要把牛羊赶到向阳的山坡或水草丰茂的谷地,让牲畜吃到肥美的草,喝到洁净的水,它们才能健康地成长,才能给人们提供绿色环保的肉和奶。所以,故乡人常骄傲地说,我们的牛羊吃的是中草药,喝的是矿泉水,长的是放心肉,挤的是优质奶。长年累月的农牧业和林业生产劳动,练就了故乡人上山的功夫,也练就了和他们的劳动任务相适应的体魄。山里的男女老少对山都有着深厚的感情,爬山是他们赖以生存的基本功。他们栉风沐雨,在山林中穿梭,在泥水里摸爬,跌倒了再爬起来,滚一身泥巴也不在意。他们披星戴月攀爬着大山,背靠着大山,肩挑着大山,累了他们就躺在大山的怀抱里头枕着山梁,脚蹬着小溪甜美地入睡。饿了吃的是大山恩赐的食物,渴了喝的是山涧的泉水。经过山中经年的劳动生活,山之魂已经长入他们的肌肉,融入他们的血液,他们像山一样大气、朴实、厚重,像山一样巍巍坚强。活着,他们是大山的儿女,看护着大山,守望着大山,仰仗着大山;死去,他们是大山的精灵,葬在大山,入土为安,在无垠的时空里和大山一起化为永恒。

  登山是一种锻炼。大自然是人类的摇篮,山野是我们远祖的世居地,经过亿万年的进化,人类走出了山野,定居下来,开始了农耕文明的进程。到了现代社会,特别是远离山野的城市生活,使人类与大自然渐行渐远,快节奏的工作和生活、竞争的压力、饮食结构的不合理、高楼大厦和汽车的包裹、超标的碳排放、地上和地下环境的污染早已使人们不堪重负,亚健康人群规模越来越大,官方统计的数据显示城市非健康儿童有五分之一体重超标。高血脂、高血压、高血糖患者数量居高不下。缺乏运动、忽视锻炼已经成为影响人们健康的现实问题。偶见有些人从健身房进出,也很难说清在锻炼过程中收益和受害孰轻孰重。殊不知,装修得富丽堂皇的健身房中的污染和辐射正在危害着健身的人们……数千年前,我们的祖先从山野走来,我们的生命密码和山野是连接的,只有我们不断地和山野互通互动,我们的肉体才能补充生命的元素和力量。城市工作生活的现状在呼唤着我们回归自然,祖国秀美的山川在呼唤着我们投入她温馨的怀抱。让我们从繁忙的工作和生活中解脱出来,到山野去徜徉,去放松,去吐故纳新、补充能量。到山上去攀登,登上山腰,登上山峰,登上山顶,排出臭汗,排遣烦恼,排除杂念,锻炼我们的体魄,锻炼我们的胆略,锻炼我们的意志,让生命之树像山上的苍松一样长青。

  登山是一种收获。古人云,读万卷书行万里路。其实现在的"行万里路"和古时候的"行万里路"已不是一个概念,现在人乘高铁、飞机一天跑千万里也不在话下。不乘交通工具,迈开双腿,一步一步地前行,真正体味行路的艰辛,仔细地观察沿途的景物和风土人情,以敬畏之心去感受和领略自然之大美,若是这样,登山便是最好的方式。登山之初,在山脚下你会看到清流绕山,涧水幽幽,鱼翔浅底,虾蟹徐行。蹲在溪边伸到水里搓一搓手,洗一洗脸,你会感到周身的爽快。掬一捧清泉含在口中,咽到肚里,甜在心里。沿着山间小道拾阶而上,身边的小草野花虽不显眼,但却散发着异样的芬芳。树林里小鸟上蹿下跳,高低音此起彼伏,好像是为远方的来客歌唱。爬山途中,如果你气喘吁吁,大汗淋漓,不妨席地而坐,休息片刻,环顾周边,你会看到林茂草丰,云雾升腾,草树摇曳,小虫争鸣。待恢复了体力,能前行则前行,能攀登就攀登,切记不要设定目标,不要为难自己,爬山如人生,一定要量力而行。须知,山脚有山脚的美丽,山腰有山腰的风景,只要我们进山了、跋涉了,只要我们尽力了、锻炼了,不管我们所处的海拔高度如何,都是值得欣慰的。当然,如果我们体能可以,具备登顶的能力,就一定要坚定信心,排除困难,争取到达光辉的顶点。若如此,你立于山巅之上,山高人为峰,俯瞰四野,万物尽收眼底,群山都在脚下,白云飘在掌中,河流好似玉带,岗岭就像蛟龙……此时,你会感到天空更加敞亮,目光更加高远,胸怀更加博大,自我更加渺小;又会感到生命在瞬间就有了高度、宽度和长度。此情此景你一定要解开衣襟,敞开胸怀,让呼啸的风荡去那来自红尘世界的灰污,让凛冽的风吹去我们的郁闷和烦恼,让清新的风彻底洗涤我们的心灵。这样的话,便是登山最大的收获。

# 把黄昏留给故乡

在人生的旅途上,披荆斩棘、走过泥泞、经过风雨、见过彩虹,不知不觉中已经到了夕阳西下的光景,很快就要进入人生的黄昏,于是停顿下来稍事休息,便觉得身心俱疲。此时最需要找一个安放身心的地方,看来回归故乡就成了最好的选择。

我十几岁走出乡关,负笈他乡,为了工作与生计,从此地到彼地,像候鸟一样不停地迁徙。经年的漂泊,风吹皱了我的皮肤,雨洗去了我的风华,征尘染白了我的头发,时光消磨了我的激情和自信,扪心自问,是不是到了叶将归根的时候?确切地说,"叶"尚未落,但"叶"已泛黄,况且黄叶总被雨打风吹去,说不定在哪个"梧桐更兼细雨"的黄昏,这黄叶就真的要凋落了,想到这里不禁心生凉意。

李商隐说:"夕阳无限好,只是近黄昏。"其实黄昏既是一种自然现象,也是一种生命的状态。朝霞虽好,但时光不会凝固,随着太阳的爬升,朝霞很快就会在地平线上消失,

故乡的黄昏

而在红日中天之后,自然就是夕阳西下,其实夕阳的余晖和朝霞具有同样的美感。"落霞与孤鹜齐飞,秋水共长天一色",夕阳与晚霞之美可见一斑,落霞带来了黄昏,黄昏衍生了黑夜,黑夜预示着黎明,黎明孕育着希望与朝霞,这种周而复始的轮回无穷无尽、生生不息,真乃宇宙之大观、天地之大美。

生命的黄昏,具有成熟和温馨之美。人生从母体分离出来到牙牙学语,再到读书上学,长了身体和本领,担当起家事国事,有过摸爬滚打,尝过酸甜苦辣,看过鲜花与笑脸,见过冷漠与淡薄,这就够了。因为你已经饱经人间沧桑,领悟了人生的真谛,再过千年万年亦不过如此。人生说长亦长、说短亦短,贵在珍惜当下,贵在曾经拥有。因为拥有就是财富,拥有就应知足。佛家说:一花一世界,一叶一菩提,缘起缘灭皆因为缘,一切随缘就好。乔羽老爷子所写的《夕阳红》歌中唱道:最美不过夕阳红,温馨又从容。夕阳是晚开的花,夕阳是陈年的酒,夕阳是迟到的爱,夕阳是未了的情,多少情爱化作一片夕阳红……这句子听来既大气又富有美感,着实让人快慰。

人到晚年,皆有恋家之感,无论贵贱,概莫能外,这是因为情感要有寄托,人生要有归宿。请看身居台湾的辛亥老人于右任晚年写的《望故乡》:葬我于高山之上兮,望我故乡;故乡不可见兮,永不能忘。葬我于高山之上兮,望我大陆;大陆不可见兮,只有痛哭。天苍苍,野茫茫,山之上,国有殇!……于老先生在临终之前还在期盼着祖国统一、回归故乡,这种对祖国的爱、对家乡的情,真切动人,家国情怀令人感佩,催人泪下。而有家可回,有乡可爱该是多么幸福啊!我走过了山山水水,品尝过南北菜系,见过尊卑长幼,只觉得还是故乡的水最甜,故乡的人最亲,故乡的饭最养人。这不是狭隘和自私,而是因为我是故乡的儿子,我生命的图谱里有太多故乡的元素,只有这生命的图谱经常得到故乡元素的补充,我的生命才能得到源源不断的能量,才有旺盛的生命力。童年在故乡生活的经历告诉我,故乡有温情。故乡人讲远亲不如近邻,邻里之间你来我往、常有走动,小到日常琐事,大到红白喜事都能互相圆场、互相帮忙,邻人之间偶有言差语错,只是一笑了之,不会有猜疑和计较,乡亲们虽不富有,但都活得轻松、舒畅。而在城市,同住一个单元的人家多互不相识,也互不往来。人情淡漠,心有隔阂,长居于此,颇不习惯。故乡有风景。故乡依山面水,绿树掩映,水草丰茂。那白云蓝天下面,青青山岗之上牧童甩着长鞭,哼着歌谣,赶着牛羊的悠闲场面,那山脚下永不停息的潺潺流水,那被庄稼人精细打理的田园和从田园里不时随风飘来的庄稼的阵阵清香,都会让你驻足长久,流连忘返……故乡有"音乐"。听惯了故乡的劳动号子、婴儿的啼哭和像吵架一样说话的女人的声音,听惯了叽叽喳喳的鸟语和母鸡下蛋后的歌唱,听惯了夜静时的虫鸣蛙叫和家犬不急不慢的阵阵叫声,听到这些来自故乡的最原始、最本真的"音乐",会让你疲惫时感到轻松,无眠时慢慢入梦。

　　人只有到了晚年才会对故乡有深刻的、理性的认知,不谙世事的孩子对故乡不会有太多的概念。正如孩子对自己的母亲,孩子只记得母亲的呵护和怀抱的温暖,而对母亲的美丑从来没有想过。而只有到孩子长大,看到母亲的慈爱和艰辛之后,才知道母亲的不易与伟大。对故乡亦然,小时候我在故乡的怀抱里爬来爬去,玩耍嬉闹,在山岗上拾柴放牧,在小河里摸鱼逮虾,在田园里奔跑摔打,吃不厌故乡的五谷杂粮,吃不厌故乡的野果甜瓜,吃不厌故乡人带着汗味和泥土气息做的家常饭。是妈妈和故乡两位贫穷而伟大的母亲把我养大,但在那个时候,我从来也没想过故乡有多好,只是到了现在,到了人生即将进入黄昏的时候,我对故乡才有了认识上的升华,原来我的故乡是那样的美丽可爱,那样的善良博大!

　　回望乡关,青山永在、绿水长流、故乡不老。故乡啊,母亲,吾将执子之手,与子偕行,与子偕老。

# 后　　记

　　这本集子收录了我近两年创作的 50 余篇散文。这些文章的内容基本上都是对故乡生活的回忆、对故乡亲人的思念和对故土家园的依恋。文中想要表达的是对故乡那山那水那人的感谢、感激和感恩。但由于平时工作忙碌，所以这些"不务正业的事儿"只能安排在节假日里去做，因时间仓促、水平有限，草草成书之后，文中不足之处依然难免。恳请读者朋友不吝赐教、批评指正，本人将虚心接受，真诚感谢。书中有十余篇文章已先后在《光明日报》《中国艺术报》《检察日报》《大河文摘报》《散文》《莽原》《检魂》等报刊发表，并被网站转载，此次收录这些文章，有的又做了细微修改，这里特做说明。

　　河南人民出版社对本书的出版给予了支持和指导；文章由侯定乾、李保中同志校阅；侯定乾、郭玉辛、高岩同志帮助提供照片，这里一并致以诚挚的谢意！

高学奇<br>2016 年 9 月